法兰西356天，
我的普罗旺斯庄园

汪晓东 / 著

当代世界出版社

图书在版编目（CIP）数据

法兰西 356 天，我的普罗旺斯庄园 / 汪晓东著. —北京：当代世界出版社，2016.7

ISBN 978-7-5090-1102-7

Ⅰ.①法… Ⅱ.①汪… Ⅲ.①游记—作品集—中国—当代 Ⅳ.①I267.4

中国版本图书馆 CIP 数据核字 (2016) 第 090514 号

书　　名：法兰西 356 天，我的普罗旺斯庄园
出版发行：当代世界出版社
地　　址：北京市复兴路 4 号 (100860)
网　　址：http://www.worldpress.com.cn
编务电话：(010) 83908456
发行电话：(010) 83908409
(010) 83908377
(010) 83908455
(010) 83908423（邮购）
(010) 83908410（传真）
经　　销：全国新华书店
印　　刷：三河市泰丰印刷装订有限公司
开　　本：880 毫米 × 1230 毫米　1/32
印　　张：8.5
字　　数：170 千字
版　　次：2016 年 7 月第 1 版
印　　次：2016 年 7 月第 1 次印刷
书　　号：ISBN 978-7-5090-1102-7
定　　价：39.80 元

如发现印装质量问题，请与承印厂联系调换。
版权所有，翻印必究，未经许可，不得转载！

目 录

引子
第一章　第一眼看巴黎
　　一、奔赴法兰西 …… 6
　　二、初到巴黎 …… 9
　　三、神奇的巴黎地铁 …… 13
　　四、巴黎印象记 …… 15
　　五、香榭丽舍的诱惑 …… 19

第二章　多彩的留学生活
　　六、巴黎大学小记 …… 24
　　七、南法记行 …… 31
　　八、初探卢浮宫 …… 36
　　九、先贤祠巡礼 …… 40
　　十、生活在巴黎 …… 48

第三章　寻访巴黎有趣之地

十一、情寄蒙马特高地 …… 54

十二、探访巴黎的墓地 …… 65

十三、追思我的"校友"居里夫人 …… 71

十四、巴黎特色的新春佳节 …… 76

十五、巴黎博物馆参观记 …… 81

十六、平凡的巴黎生活 …… 89

第四章　法国美食记

十七、法国葡萄酒小记 …… 94

十八、游凡尔赛宫札记 …… 99

十九、浪漫的葡萄酒之旅 …… 107

二十、体验法国式"办事难" …… 116

二十一、普罗万古城访问记 …… 121

第五章　艺术的巴黎与浪漫的法国

二十二、深访艺术殿堂卢浮宫 …… 128

二十三、奶酪王国体验记 …… 133

二十四、不一样的都市森林布洛涅 …… 139

二十五、在奥维尔探寻梵高的足迹 …… 143

二十六、在波尔多体验法式浪漫 …… 153

二十七、巴黎的安全攻略 …… 160

二十八、惊艳枫丹白露 …… 166

二十九、探寻不一样的巴黎风光 …… 169

三　十、紫色的诱惑：
　　　　去普罗旺斯感受浪漫的薰衣草（一）…… 175

三十一、紫色的诱惑：
　　　　去普罗旺斯感受浪漫的薰衣草（二）…… 182

三十二、走近阿尔卑斯 …… 188

第六章　透过欧洲看法国

三十三、欧洲诸国印象记 …… 194

三十四、伊比利亚半岛的巡游记 …… 201

三十五、发掘你所不知道的巴黎 …… 205

三十六、再访枫丹白露 …… 211

三十七、具有法国特色的银行蒙难记 …… 214

三十八、来自法国银行的最后劫难 …… 220

三十九、从法兰西留学中感悟人生 …… 226

法兰西留学手记编后语 …… 229

1 / 摄影集

埃菲尔铁塔 1

埃菲尔铁塔 2

3 / 摄影集

爱之墙

安纳西

5/摄影集

巴黎大学城

巴黎公社墙

7 / 摄影集

巴黎圣母院。

波尔多葡萄园1

9 / 摄影集

波尔多葡萄园2

波尔多圣·埃米利永小镇

摄影集

春到布洛涅森林 1

春到布洛涅森林 2

13 / 摄影集

冬天的塞纳河

梵高名画《麦田》

15 / 摄影集

梵高名画原址奥瓦维尔教堂

枫丹白露宫及后花园

17 / 摄影集

红磨坊

凯旋门

卢浮宫名画

卢浮宫内

21 / 摄影集

卢浮宫外景

蒙马特高地。

23 / 摄影集

蓬皮杜艺术中心

葡萄酒窖

25 / 摄影集

普罗旺斯 1

普罗旺斯 2

摄影集

荣军院及拿破仑墓

上班用的公交

摄影集

先贤祠

香榭里舍大街夜景

31 / 摄影集

亚历山大三世桥

枫丹白露宫及后花园

引/子

人过不惑之年，我又要开始海外留学生活了，想起来简直有点令人难以置信。然而，当我从教育部出国留学服务中心拿到带有法国签证的护照和机票的时候，才感觉到，这一切将由虚幻变成现实了。

其实，我的留学之路也是一波三折，早在2006年时就向国家留学基金委申请了赴美公派全额资助项目的访问学者，但第一次申请就被拒了。再接再厉，第二年我又申请了，虽然被批准了，但却将我申请的国家从美国换成了法国，这也算是老天让我与法兰西结了缘。然而，出行之路并不平坦，先是上语言学院的法语班，发现法语竟然是如此难的一种语言，语法极其复杂，不但时态、语法变化多端，光一个动词就会产生128种变位。于是学了半年的法语，根本就没有掌握。之后由于工作繁忙，出国之事一拖再拖，终于到了要被取消资格的时候了，于是着急地联系出访学校。

其实，我对法国的大校及所属相关专业并不了解，只是因为小时候对居里夫人特别崇拜，所以去居里夫人学习和工作过的地方便成了我唯一的目标。在网上搜索到居里夫妇生前工作过的学校是巴黎第六大学（即皮埃尔与玛丽·居里大学），于是直接向该学校化学系的几位教授写了申请信。很快，该校聚合物合成实验室的Alian Fradet教授给我回复，表示愿意接收我去他的实验室从事访问学者工作。

接下来就是有条不紊地办理相关手续，其中预订在巴黎的住房是一项很艰难的事。按照法国签证制度，在申请赴法留学签证时，必须提供已在法国租房的证明。而巴黎的租房难、租金贵在全世界都是出了名的。于是在指导老师 Alian 的推荐下，我通过网络申请了巴黎国际大学城的宿舍，并由巴黎六大的外事部门出面推进，终于在一个月后租到了一个小房间，月租金是 468 欧元，公共卫浴。虽然感觉奇贵，但也算有了落脚处。

　　上面关键事项办妥后，就把申请签证、确定出行时期、预订机票等事项均交由教育部出国留学服务中心办理，自己则准备出国一年所必备的衣服、生活必需品等，一切也都按部就班，在忙碌中等待着出发日子的来临！

第一章

第一眼看巴黎

一、奔赴法兰西

2010年12月13日是我启程的日子。上午10点，我告别了家人、同事和自己的学生，前往首都机场T3航站楼，顺利地办妥了行李托运和登机牌。因我所乘坐的国航班机最多只允许携带20公斤行李，此前一直担心行李超重会被罚，好在只超了3公斤，办理机票的工作人员睁一只眼闭一只眼地让我通过了。接下来的通关、安检一切顺利。下午1：30，我所乘坐的国航CA933班机准时起飞，我的心也飞向了遥远、浪漫的巴黎。

在空客A340狭小的座位上熬过10个半小时漫长的飞行之后，我所乘坐的班机于当地时间下午5：50准时降落在巴黎戴高乐国际机场。出关检查顺利，此前从留学基金委的告示中看到法国海关检查人员会对中国人"特别照顾"，心里还一直担心，所幸此次未遭遇法国海关人员的刁难。在出口处，巴黎六大化学系聚合物实验室的头——我的指导老师Alian Fradet（法语发音：阿兰·法戴）和他的中国博士生小张正在迎候。Alian是一位身材高大、满脸白胡须、年近花甲的长者，一看就知道是一位知识渊博、面目慈祥的学者，我从他那有力的握手也可感到所传递的友好与关爱。

大家见面相互认识后，Alian 开着他那辆大众 Polo 小车载着我直奔巴黎国际大学城。

就像所有国际大都市一样，巴黎的交通也很糟糕，一路堵车严重，不过倒也有工夫欣赏一下巴黎的市容。小车行驶在灯火通明的市中心马路上，能够真切地感受到巴黎的繁华和喧嚣。用了近两个小时，我们终于到达了位于巴黎市南部 Boulevard Jourdan① 的巴黎国际大学城。这里是原巴黎大学的国际学生宿舍区，有一百多年历史了。全世界许多国家都在此建立了自己的学生宿舍楼，连柬埔寨、古巴都有，可偏偏咱们中国竟然没有，真让人扼腕叹息啊。

不过听说中国政府要投巨资在这里建一栋大的，但不知何时能住上。我的宿舍在东南亚宿舍楼里，靠近大路边，交通非常便利。我的宿舍是 401 室，我从东南亚楼大门口门卫室取了宿舍门的钥匙，拎着大箱子直接上了四楼。开门进屋之后，着实把我吓了一跳，这屋子也太小了；尤其是床，竟然吊在半空中，要用经过一根直上直下的钢梯爬上去，这简直是为猴子设计的床。花这么贵的房租，竟然租到这么差的房子，我真是无语了。连 Alian 看了也直摇头，看来我来巴黎后的第一要务就是去另找房子。

放下行李后，Alian 开车载着我和他的博士生小张一起去附近

---

① 我研究了一下，法国的道路有三类：普通的街道被称为 Rue，巴黎大多数道路都是 Rue；较宽的马路且两侧有树荫的称为 Boulevard，法语的意思是"林荫大道"，而更宽的林荫大道则被称为 Avenue，著名的香榭丽舍大街就被称为 Avenue des Champs-Elyées。

的中国城吃晚饭。在去餐馆的路上,我向小张私下打听"老板是否管饭"?得到的回答是"一般不管"。既然如此,我就得主动请客,毕竟人家大教授花了汽油钱和时间到机场来接的我。小张却说他要请,结果吃完饭后竟由小张买了单,花了好几十欧元。我真是极度惭愧,初次见面,我这个教授哪有让学生掏钱请吃饭的道理。不过,我们的头就在旁边看着,早就听说法国佬抠门,这次真见识了。

吃完晚饭,Alian 再次开车将我送到宿舍楼门口,大家互道晚安后离去。此时已是深夜 11 点多,我一人独自回到宿舍,一见到那悬在高空的床,头都大了,想想这把年纪还要像猴子一样爬上爬下,又要独自面对异国的陌生环境和无数的挑战,一种孤独感和凄凉感袭上心来。长途旅行的疲劳让我无暇多发感叹,爬上床倒头睡去。又是可恶的时差,半夜两点就醒了,我在法国的第一夜就在这样的半睡半醒中度过了。

二、初到巴黎

法国这个国家就是麻烦，要想在这里生活，得有一大堆的文件和事情要办理，到从法国的第二天开始我便开始为这些事情奔波。而且我从一开始就了解到，法国人非常骄傲，他们认为法语是世界上最美的语言，是贵族用的语言，在一战前，包括英国王室成员在内的所有欧洲王室贵族都讲法语。而英语就是垃圾，只有下等人才讲。所以，法国人对讲英语的人很排斥，尤其在与行政人员的办事过程中英语根本就不好使。所幸有 Alian 的博士生小张帮忙，我们从上午开始，办了要在法国生存必做的几件事：

一、在大学城接待室交纳了租房注册费、第一个月的房租及租房押金。一下子交出一千多欧，让我心疼不已啊；这样便取得了有固定住房的证明和房租收据，这是在法国办所有手续中最关键的一步。没有固定住处的证明，在法国什么事都办不了。

二、然后去银行开户。法国不像中国，现金很少流通，一切金钱来往都要通过银行账户（R.I.B.），所以没有银行账户我的生活来源就成了问题。小张先带我去了住处附近的法国巴黎国民银行（BNP），这是法国最大的国家银行。银行人不多，一位中年女职员接待了我们，细细碎碎问了很多问题，然后竟然说开户要预约。小张一生气转身就走了，换到旁边的里昂信贷银行（LCL）去开户。这一次还算顺利，银行同意马上为我开户，但办理起来却费了一个多小时。我填了无数个表，签了无数个字，最后开户终于成功，结果还被告知要一个星期之后才能使用账户，真是服了法国人的办事效率。

三、办理了交通充值卡。这回还算顺利，在住处附近的地铁站里的办卡点交验了护照，现场照了相，马上拿到印有自己头像的充值卡了。可根据需要充一周、一月或一年，而且充值是按自然周、月和年来计算，有点不方便。

四、到巴黎六大外事处去递交申请长期居留所需要的材料。法国驻京大使馆提供的签证只是用来进入法国的，如要居留，还需要在抵达法国后申请长期居留证（Carte de Séjour）。在拿到居留证前，既不能回国，也不能到申请签证国去旅行，真不知道这是什么见鬼的规定。听说法国政府的办事效率极低，在大巴黎地区，从递交材料到最后取得居留证要三个月之久。这早就超过了我的签证有效期，等于有两个多月要我"黑"在法国了。

五、到东南亚宿舍管理室办理了大学城食堂的就餐卡。凭此卡就餐，可享受法国政府的补贴，这样算是解决了吃饭问题。

六、到中国城找了家代理店办了张手机卡。在法国办理手机卡很严格，都实行实名制。在公司工作人员详细查验了我的护照后，我花24.9欧元办了一张法国最大通信SFR公司的手机卡，算是与所有同事建立了通讯联系。

七、到中国大使馆教育处报到，这是每位公派留学生到海外首先必做的事。中国驻法国大使馆教育处位于 29 Rue de la Glacière，中文意思就是冰川路 29 号。事先打电话通报了一下，然后从我住的大学城乘地铁过去，非常近，约十几分钟就到了。教育处在小巷中一栋红色砖楼内，经门卫通报后，见到教育处的主管老师，递上报导证等相关证明材料和打印好的银行账号 R.I.B. 页，便完成了向组织报导的程序。我的每月资助金就可打到我的账户上了，这可是我今年一年的衣食来源啊。教育处的老师都惊叹我的效率真高，来巴黎一天就能在银行开了户，都怀疑我是不是等钱用等得太猴急了？

忙忙碌碌了整整一天，这几件事办完，算是解决了我在法国生存必备的条件。当我发短信告诉 Alian 我已经办完在法国的生存大事后，他也惊叹道："It's real Chinese efficiency."

在这中间我还顺便到我向往已久并即将工作的地方——巴黎六大去看了一下，见到之后那个失望啊，原以为这所历史名校应该处处散发着古老历史的气息，结果没想到却是一堆外形奇丑的现代化钢铁建筑，根本没有校园可言。所有建筑密密麻麻地挤在一起，这哪里像一所具有八百年历史，并在国际上享有盛誉的大学应有的面貌啊。不过，后来看了蓬皮杜艺术中心那工厂厂房建筑造型也就不足为怪了。有一点值得欣慰，巴黎六大地处市中心的拉丁区，就在塞纳河畔，地理位置极佳；离巴黎圣母院和先贤祠步行 5 分钟就到。关于六大的历史下次再介绍了。

  当晚,我在大学城的食堂吃了第一顿饭。食堂就在大学城正对正门的主楼一层,供应的是典型的三道式西餐,包括了头盘、主菜和餐后甜点。价格非常便宜,一餐仅需3欧元,看来政府的补贴力度不小。菜的营养丰富,味道也还不错,今后一年都吃这些东西也算是一个不坏的选择。

三、神奇的巴黎地铁

记得很多年前看过一部法国电影《最后一班地铁》,初识了对巴黎地铁的古老、高效及对巴黎人们生活的重要。这次来巴黎终于有机会可以亲身体验一下这一世界上最庞大、最复杂的地铁系统了。从我一到巴黎,我就感觉到地铁的重要性,每天出行必乘地铁。巴黎的地铁四通八达,共有 14 条市内线路和 5 条市郊高速轨道交通线路(RER)。乘地铁可到达巴黎市的每一个角落,能够去我想去的任何地方。虽然巴黎地铁线路复杂,但地铁内的换乘信息非常清晰,让人一目了然。

巴黎的地铁收费按圈计,从里到外共五圈,越往外圈收费约高。1、2 区内地铁单程票价为 1.6 欧元,如果 10 张一起买,只要 12 欧元。开始乘坐后在一个小时内有效;如果出站也没关系,只要在一个小时内还可继续乘坐,看好时间,千万别丢掉车票。我就犯了错误,以为地铁票用一次就无效了,白白丢了好几欧元!还有就是用充值卡买的周票或月票,都是按自然周和月算,有点不方便。1、2 圈的周票是 18.35 欧元、月票是 60.4 欧元,还能凭周、月票乘圈内的所有公交车、有轨电车。如果是经常乘车出行的话,最好还是买周、月票最划算。

我所住的大学城附近就是地铁4号线的终点站Porte d'Orléans。当我第一次进入巴黎地铁的时候,感觉很差,巴黎的地铁仿佛是工业革命时期建造的老古董,地铁列车并不是在轨道上行驶,而是有多个橡胶轮子在地面开,轨道只提供电力。车厢内设施陈旧、没有空调、噪音很大,与咱们中国的北京、上海等大城市的地铁比起来,简直落后了一个世纪。好像巴黎市政府也没有想过更换新型轨道列车,从古至今一直都是在凑合着使用。不过乘坐多了,也确实感受到地铁的方便、快捷,及当初设计者的匠心独具了。

巴黎还有一种有轨电车,将地铁终点站向更多地方延伸,弥补了地铁线路无法覆盖的地区。这种电车运力很大。因为六大化学系实验室目前正在重新装修,我们的实验室不得不在巴黎郊外的Ivry-sur-Seine租了房子来维持实验工作。所以,我每天将不得不乘电车,换地铁,再换公交车去上班。不过巴黎市区很小,所谓巴黎的郊区离市中心也并不远,就是换乘起来太繁琐。

四、巴黎印象记

接下来也该聊聊我对巴黎的初步印象了！

安顿好了所有在法国的生活，我就到位于 Ivry-sur-Seine 的临时实验室去熟悉了一下工作环境，与实验室的同事见了面，相互认识一番，还与 Alian 讨论了下一步要做的课题及相关准备工作。因为临近圣诞节，全法国都要放长假至新年后才上班，大家的心情都在即将来临的圣诞长假上。实验室一点工作的气氛也没有，于是我被放了羊，不过终于有机会逛一下心仪已久的浪漫之都——巴黎了。

对于来自中国大城市的人们来讲，到巴黎之后如果还抱着"高楼大厦林立、宽阔整洁的马路纵横"就是国际大都市这样的概念的话，那一定会非常失望的。在巴黎市中心，看不到任何一座高楼，全是些不高的古旧房子；大街也不宽阔，而且路面还有些破旧，地面很脏，一不小心还经常会踩到狗屎。这正是巴黎城市规划者的核心价值所在，他们规划巴黎城市建筑的一个基本出发点，便是要在巴黎任何一个角落都能看到日落，这自然使高层建筑在巴黎根本没有生存空间。巴黎人非常重视历史文化古迹，稍有年头的老房子碰都不能碰,绝不会发生中国那种对老房子的大规模拆迁、改造。这注定使巴黎成为一座充满非常历史文化内涵的城市。

此外,自由、博爱已经渗透进法国人的骨髓,所以法国人懒散、不受约束、随心所欲,走路乱扔东西是常事,遛狗时,让狗到处拉屎也不管,按咱们中国话讲就是素质太差。而从事环卫工作的都是些北非移民,这些人更懒惰,工作起来更是不用心。所以,从表面看起来,巴黎真是一座又脏又旧的破烂城市。然而只有静下心来细细品味,才能真正体会这座历史、文化、艺术和浪漫之都的魅力和价值所在。其实,巴黎的美丽、神奇和吸引力正是来自于它的建筑艺术和文化环境。不论走到哪里,都能看到博物馆、影剧院、花园、喷泉和雕塑。巴黎的文化环境极佳,人们的精神生活丰富多彩,娱乐形式文雅多样,艺术气氛很浓。正如朱自清在他的《欧游杂记》中所说:"从前人说'六朝'卖菜佣都有烟水气,巴黎人谁身上大概都长着一两根雅骨吧。"

听很多熟悉法国的朋友讲,到巴黎旅游,首先应该从先贤祠开始,因为一个先贤祠凝聚了整个法国的历史。先贤祠位于最富文化气息的拉丁区,离我工作的巴黎六大步行5分钟就到。先贤祠中国的叫法,在法语中被称为"Le Panthéon"(发音为"邦岱翁")。Panthéon这个词来自希腊词,即"万神殿"的意思,希腊的帕特农神庙与此如出一辙。先贤祠最初是十八世纪后期法国皇帝路易十五为圣女贞德所建的纪念教堂,结果还没建成就爆发了法国大革命。之后这里就成了对法国做出杰出贡献者的墓地,有点像国内的八宝山革命公墓。

我来先贤祠也仅是看一下外观，先贤祠的建筑风格是典型的罗马式建筑，完全由巨石砌成，非常雄伟壮观。先贤祠正门的横梁上镌刻着一行铭文："Aux grands hommes, la Patrie reconnaissante"（意思是"伟人们，祖国感谢你们"）。因为进先贤祠参观要收不菲的门票，我准备在每月第一个星期天免费开放日再进入参观。听说先贤祠内安放着包括我崇拜的居里夫妇、雨果、伏尔泰、卢梭等几十位对法国的思想、科学和文化艺术做出重大贡献的伟人。

据说要进入先贤祠可不是件容易的事，伟人在死后都要经过几十年的考验，没有发现劣迹后才能将遗骸迁入。居里夫妇是在去世后的第六十一年才被迁入先贤祠，而且还有几位因去世多年后，被发现有道德或行为上的不端而被迁出的。十九世纪九十年代后迁入的大仲马，由于其糜烂的私生活被后人所诟病，已经有人建议要将他的遗骸扔出先贤祠了。不过可以看出，法国人对进入先贤祠的伟人的标准是很高的：不仅仅要有卓越的科学、文化及艺术建树，更重要的是他对国家民族的思想贡献。

先贤祠左侧有一排古老的建筑，那是著名的原巴黎大学法学院，现在已经成为巴黎一大（即先贤祠－索邦大学）。其实整个拉丁区就是原巴黎大学的校址，后来巴黎大学被拆分为十三所大学，又扩建了许多建筑，那些老建筑都归了巴黎一大和二大（即先贤祠－阿萨斯大学）。先贤祠的后面是著名的亨利四世中学，这所中学可有来头，可与英国的伊顿公学齐名，是著名的贵族学校，也是培养国家精英的摇篮。

  从先贤祠所在的拉丁区步行可直接到达塞纳河畔，这是多少文人墨客向往的地方。不过在我看来，冬天的塞纳河仿佛失去了不少姿色，整个一条浑浊的臭水沟，周边的建筑也是灰蒙蒙的，看不出什么特色来。步行通过塞纳河上的大桥来到北岸，则能看到名震四海的蓬皮杜艺术中心。不过在我看来那简直就是一个丑陋的工厂仓库建筑，看来当代法国人建筑艺术的奇思妙想在巴黎已经得到了大量的实践。我们巴黎六大那种建筑风格就更不足为怪了。

  而著名的巴黎圣母院则位于塞纳河中间的一个小岛——西岱（Cité）岛上。巴黎圣母院法语称为 Notre Dame，意思是"我们的修女"。教堂是一座典型的哥特式建筑，因为教堂内部那超大跨度的穹顶，已非其他建筑模式能承受。教堂的外观非常壮观，是古老巴黎辉煌历史的象征；而雨果的同名小说更使其声名显赫。教堂内可免费参观，内部空间巨大，进入之后感觉被无数的雕像、绘画和彩绘玻璃所包围。教堂中央的圣坛背后是圣母玛丽亚抱着受刑后横卧着的耶稣的雕像，圣母玛丽亚那悲伤的表情生动感人，令人潸然泪下。

  我静静地坐在教堂内的长椅上，聆听着悦耳的管风琴演奏和唱诗班的颂歌，那真是一种享受。此刻也能够真正感受到巴黎这座城市的魅力了。

五、香榭丽舍的诱惑

连下两天雪,今天终于放晴了一小会儿。看了国内网站报道说"欧洲遭遇多年罕见的大雪"云云。其实没有那么严重,法国的雪虽大,但天气不太冷,下到地上的雪很快就化了,根本积不住。不要忘了这里是地中海气候啊!不过,从国内带出来的旅游鞋这两天开了胶,关键时刻掉了链子。每次外出,鞋子都会进水,把脚弄湿了,很难受。看样子我又要破费去买双鞋了!

今天终于可以去看一下向往已久的凯旋门和香榭丽舍大街了。凯旋门就位于巴黎市区西北的香榭丽舍大街的尽头。乘地铁1、2号线和RER轻轨A线在夏尔·戴高乐广场(Charles de Gaulle Étoile)站下即可到达。我是从大学城乘RER轻轨B线,然后在Châtlet站再换乘A线去的。发现RER轻轨线路非常复杂,居然两条不同线路的列车会在同一个站台停靠,只能通过站台边一个小小显示器来辨别去哪个方向的列车,乘客需要有眼观六路、耳听八方的本事。

当我乘车到达戴高乐广场后,从出站口一出来,那雄伟的凯旋门就矗立在眼前。从地下甬道可走到凯旋门跟前参观,不过登上凯旋门顶部要买门票。凯旋门比想象的要雄伟壮观得多，而且造型非常精美，上面布满了各种与战争英雄相关的雕塑。这里不愧是巴黎市最主要的地标建筑了。凯旋门是由法国皇帝拿破仑为纪念奥斯特利茨战争的胜利而于1806年开始建造的，整个城门完全采用巨大的石块砌筑而成。

不过凯旋门建成之时并没有迎来拿破仑的凯旋，他在比利时的滑铁卢战役中，被英国的威灵顿公爵击败并活捉，最后被流放到大西洋上的圣赫勒拿岛。当凯旋门于1836年落成的时候，迎来的是死于砒霜中毒的拿破仑的灵柩从这里穿过，最后送到荣军院安葬。

从建筑艺术上讲，凯旋门是非常值得认真欣赏的。其正面和背面共有四幅巨型浮雕，描述的是1789年法国大革命的胜利以及第一帝国战争史迹。其中面向香榭丽舍大街那一面右侧的浮雕，是名为《马赛曲》的著名浮雕，那可是在世界美术史上占有重要一席之地的不朽艺术杰作，非常值得仔细欣赏。凯旋门上还有许多精美的雕像，门内刻有跟随拿破仑远征的将军的名字及1792年至1815年间的法国战争史的记录。在凯旋门正面的下方，是一座无名烈士墓。墓与地面齐平，上面用法文镌刻着"Ici Repose un Soldat Français Mort pour la Patrie"，意思是"这里长眠着一位为祖国而牺牲的法国士兵"，用以纪念在一战中牺牲的150万法国士兵。

墓地前还点着一个长年不熄的火炬。当我站在无名烈士墓前，那团象征战士精神不熄的烈火带着阵阵暖意迎面向我扑来；在这异国他乡的严冬里，使我那备受思乡之情折磨的心灵得到一点慰藉。

离开凯旋门，便开始逛香榭丽舍大街了。香榭丽舍大街法语为 Avenue des Champs-Elysées，意思就是"田园"加"乐土"林荫大道。咱们国内卖的东风－雪铁龙汽车公司出的爱丽舍（Elysées）牌小汽车，其中"爱丽舍"的法文含义就是"乐土"。这条两旁被浓密法国梧桐树遮盖的大道被认为是法国最美丽、最时尚的大街。街道地面由石块铺成，仍然保持着古朴的风格；道路两边的十九世纪建筑、仿古式街灯、充满新艺术感的书报亭等，都为这条大道平添了一种特有的浪漫气息。

香榭丽舍大街两边全是高档时装店、各种精品箱包、服饰及奢侈品商店。其中，中国人最爱的大型 LV 品牌专卖店就有好几家，不过里面的 LV 包价格实在不菲，即使是不起眼的女士手袋，便宜的也要一千多欧元，贵的要好几千欧元，连一个小钥匙包也要一百多欧。大街两侧还有大量的咖啡馆、酒馆和食肆。

著名的"丽都"歌舞厅就在香榭丽舍大街中段，据说里面的歌舞表演举世闻名。不过价格太贵了，我实在不想花上几十欧进去体验那小小的一杯咖啡。逛了香榭丽舍大街后，才体会到巴黎果真是全世界名牌最集中的地方。尤其是圣诞临近，整个大街都被各式彩灯和圣诞树所装饰，想必夜景一定更迷人。

从香榭丽舍大街上可接乘地铁 1 号线，乘两站便到了著名的卢浮宫广场。卢浮宫的名气自然不必多说了，这座世界上最古老、最大、最著名的博物馆，用多少个"最"字来形容它都不过分。

更别提其中所展出的《蒙娜丽莎》油画和"断臂维纳斯"雕像使无数人为之魂牵梦萦。卢浮宫的建筑规模在整个欧洲也是空前的。博物馆的入口是由著名华裔建筑大师贝聿铭设计的玻璃金字塔造型，内部则是一个倒玻璃金字塔，正对地下的一个小石砌金字塔，这奇特的造型令人浮想联翩。

博物馆门票是9.5欧元，虽然与其馆藏相比，这个价格实在不贵，但与英国大英博物馆免费开放参观的举措相比，还是显得法国人太小气。不过，卢浮宫在每月第一个星期日是免费对外开放的。我这次就不进了，等一月份免费开放日时，我一定光顾！

第二章

多彩的留学生活

六、巴黎大学小记

一转眼，来巴黎已经第十二个日子，对周围的环境也渐渐熟悉起来。今天也该向大家介绍我的学习单位——巴黎第六大学（简称巴黎六大）了。

巴黎六大位于巴黎市中心的拉丁区朱希厄广场（Place Jussieu）。拉丁区得名于十三世纪这里的大学里以拉丁文传授知识和交谈的缘故，这里大学云集，是巴黎市最具文化气息的地区。巴黎六大与巴黎七大相邻，其北面正对塞纳河，且和先贤祠和巴黎圣母院都在步行10分钟的距离内，可谓是地理位置极佳。也许是位于市中心的缘故，六大的校园环境可真不敢恭维，可以说根本没有校园。

好在学校背后就是一座大型植物园，不远处还有卢森堡公园，算是为六大的学生提供了花前月下的地方。而且整个拉丁区内书店、画廊、咖啡馆、酒吧、小旅馆林立，一看就知道这里是一个特别适合于学生们自由讨论、吹牛侃大山、交流思想的好地方。

当初我选巴黎六大作为我做访问学者的目的地，主要是冲着这里是居里夫人生前学习和工作过的地方而来的。可到六大之后仔细一了解才知道，原来六大所属的巴黎大学可是大有来头，巴黎大学是世界上最古老的大学，创办于1170年。大学最初的校名叫"索邦神学院"，取名自一位为学校捐款的富翁——罗伯特·索邦的名字，到1261年才改名为"巴黎大学"。

巴黎大学被誉为"欧洲大学之母"，其历史比牛津和剑桥还早。当年英国还没有大学，有成就的英国学者都在巴黎大学工作；后来，英法两国关系闹崩了，所有英国学者都被驱逐出境，正是这些被法国政府赶出来的英国学者创立了后来的牛津和剑桥大学。所以巴黎大学的人根本瞧不上牛津和剑桥，认为他们是由在法国混不下去的人建立的学校。

自欧洲文艺复兴时期以来，巴黎大学在自然科学、人文学科、艺术、经济、法学、医学、心理学等诸多领域获得了极大的发展，并成为世界顶级的高校；同时也成为欧洲大学办学的楷模。所以北京大学的最初办学模式就来自于巴黎大学。在我国有一大批著名学者都毕业于巴黎大学，其中有严济慈、许德珩、钱三强、陈寅恪、傅雷、施士元、杨秀峰、王力、王毓瑚、汪德昭等等。其中的施士元是居里夫人培养的唯一的中国籍的博士。

到上个世纪60年代，巴黎大学已经成为一所超级大学，总共有超过30万的师生。学校大了，管理就成问题，结果问题丛生，终于在1968年爆发了特大规模的学潮。

凡是在巴黎生活过的人都知道，法国的学生一闹事，可以说是"很黄、很暴力的"。当时学生们完全占领了校舍，校领导不得不顺应潮流，对学校进行办校改革，将超级大的巴黎大学按学科和专业划分成13所大学。这13所大学在学科专业各有侧重，但相互不隶属，且拥有一个共同的校名"巴黎大学"；同时，13所大学还根据学校历史，并用历史上对大学相关领域有重大贡献的名人名字给学校一个附属校名。学校分类情况如下：

巴黎一大（先贤祠－索邦大学），以经济学、哲学和社会学见长。

巴黎二大（先贤祠－阿萨斯大学），其特长是法学。

巴黎三大（新索邦大学），以语言学、戏剧和艺术见长，重点是语言学，有点像中国的北京语言大学。

巴黎四大（巴黎索邦大学），以文学、欧洲语言学和宗教研究见长。

巴黎五大（勒内·笛卡尔大学），医学特别牛，同时也兼顾其他自然、人文学科，该校医学中的肾病研究在全世界非常著名。

巴黎六大（皮埃尔与玛丽·居里大学），是原巴黎大学自然科学的主要继承者，在纯数学、物理、化学、生物学及放射医学领域在全世界声名显赫。

巴黎七大（德尼·狄德罗大学），该校在人类学、宗教研究、遗传学及生物医学领域相当出色，其中的血液病研究全世界闻名。

巴黎八大（樊尚大学），该校侧重于东亚学、语言学、管理学、教育学、精神分析学等领域。

巴黎九大（巴黎多菲内大学），该校主要侧重在计算机及信息学科。

巴黎十大（巴黎南泰尔大学），该校以经济、法律、地理、历史等人文学科见长，体育学也很厉害。

巴黎十一大（巴黎南大学），该校的学科重点在医学和固体物理学领域。

巴黎十二大（巴黎东大学），该校的侧重点是城市规划和公共及社会管理专业。

巴黎十三大（巴黎北大学），该校主要学科重点在科学技术、新材料等领域。

从以上巴黎大学的划分可以看出，巴黎六大是原来巴黎大学自然科学学科的主要继承者，传承了巴黎大学自然科学的衣钵。至今在该校从事自然科学研究的学者已经获得了20多次诺贝尔奖，其中光居里夫人一家就获得了3次，相当了得。别看法国人连数字都数不利索，但六大的数学研究可是世界第一的，光2010年度菲尔兹奖的获得者中就有两人来自六大。要知道拿菲尔兹奖可比获诺贝尔奖难多了，而且是四年一评！可见六大的数学研究有多厉害。

提到六大，自然离不开居里夫妇，因为六大的附属校名之一就是以他们的名字命名的。当年，年轻貌美的玛丽·斯克罗多夫斯卡远离祖国波兰，来到巴黎大学（现六大所属的数学和物理学专业）求学。毕业后又留在巴黎大学工作。当她与丈夫皮埃尔·居里经过不懈的探索和研究，最终发现了钋和镭两种放射性元素后，其中"钋"元素的命名就是为纪念居里夫人的祖国波兰；居里夫妇也因此获得了1903年的诺贝尔物理学奖。

此后居里夫人遭遇了人生中最大的不幸，她的丈夫竟然被马车撞死。但居里夫人并没有被这一不幸击倒，而是忘我地、全身心地投入到科学研究工作中。经过数年的努力，从数以吨计的沥青铀矿的矿渣中，她终于提炼出0.1克的纯金属镭，并初步测量出镭的相对原子质量是225。这个简单的数字中不知凝聚着居里夫人的多少心血和汗水。居里夫人于1911年再次获得了诺贝尔化学奖，成为世界上第一位两次在不同领域获得诺贝尔奖的学者。

居里夫人的大半生都是清贫的，她和她的丈夫一直在极其简陋的条件下工作。即使成名之后，当时的巴黎大学都没有向她提供像样的实验室和充足的研究经费。对于这样不公的待遇，连当时的英国和美国政府都看不惯，而向她提供资金支持。据当时居里夫人的同事讲，由于社会的严酷和不公平，她的心情总是抑郁的，这就使得她具有异常严肃的外貌，很容易使那些不了解她的人发生误解，这是一种无法用任何艺术气质来解脱的少见的严肃性。

但是这一点丝毫没有影响她对科学执著和精益求精的追求，她一生中最伟大的科学功绩，即证明放射性元素的存在，并把它们分离出来。她之所以能取得这样的成功，不仅是靠着大胆的直觉，而且也靠着在难以想象的极端困难情况下工作的热忱和顽强的意志，这样的困难，在实验科学的历史中是罕见的。居里夫人最后死于因过量放射性照射导致的白血病，这为她献身科学的精神划上一个悲壮的句号。

居里夫人的女儿伊莱娜·约里奥-居里继承了母亲的天赋，她同丈夫让·弗雷德里克·约里奥－居里在人工放射学研究中取得了瞩目的成就，并于1935年共同获得了诺贝尔化学奖。而此时他们的研究条件比居里夫人那时要强多了，当时法国政府专门为居里夫人及约里奥－居里在今天的六大附近建造了居里实验室，其条件在当时整个欧洲都数一流。

应该讲约里奥－居里夫妇完全有可能像他们的母亲一样，第二次、甚至是第三次获得诺贝尔奖。那便是当他们在实验中观察到了中子和正电子存在的现象，遗憾的是却没有得出正确的科学发现；而是让卢瑟福的学生查德威克和密立根的学生安德森捡了便宜，分别因中子和正电子的发现而获得了诺贝尔物理学奖。想必这里面的主要原因是伊莱娜·约里奥－居里夫妇不注重学术思想交流，不注重理论思维，这就使得他们缺乏一种敏感性，习惯于定向思维，不擅长侧向思维。总的说来，就是他们缺乏想象力。爱因斯坦在《论科学》中曾说过："想象力比知识更重要，因为知识是有限的，而想象力概括着世界上的一切，推动着进步，并且是知识进化的源泉。严格说，想象力是科学研究中的实在因素。"爱因斯坦的这句话包含着极深刻的道理，它对每一位科学家是十分重要的、而且更为迫切。在现实的科学研究中，没有想象能力的研究人员，是不可能做出有重大价值的发现的！

不过说来，约里奥－居里夫妇对中国核科学及工业的发展贡献是极大的。他们不仅为新中国培养了钱三强、杨承宗两位著名的核物理学家，还为协助中国原子能工业的发展出力献策。当时钱三强回国时，约里奥－居里夫妇将当时极其珍贵的四分之一克氯化镭让其带回中国。在中南海怀仁堂里，钱三强正是用在黑暗中放出幽幽荧光的氯化镭，对毛主席等当时的中央领导进行了核物理的启蒙教育，从而促成了中国全面展开原子弹研究的最高决策。

能够到巴黎六大来从事科学研究，是我一生中最大的荣幸。因为我所景仰的居里夫人是所有科学家的楷模，她对科学的献身精神和永无止境的探索，永远值得我们学习。今天，当我来到巴黎六大，首先是怀着朝圣的心情去六大的居里研究所拜谒，因为那里是居里夫人及其女儿女婿工作过的地方。居里研究所位于离六大校舍不远的 Rue de Pierre et Marie Curie 一号，是一栋非常普通的小楼。当我到达时，发现那里正在重新装修之中，要到 2011 年中才开放参观。而从挂在小楼窗户上的居里夫照片上，我看到了居里夫人那美丽庄重的形象，亦深感不虚此行。等到这里重新开放时，我一定会再来。

2011 年是居里夫人获得诺贝尔化学奖一百周年，我们六大化学系要举行隆重的纪念活动，届时我这个居里夫人的崇拜者也一定会参加！

七、南法纪行

当新年钟声敲响之际,我所乘坐的来自蒙彼利埃(Montpellier)的 TGV 列车刚好到达巴黎里昂火车站,此时整个巴黎都沉浸在迎接 2011 年新年的欢乐气氛中,到处都是狂欢的人群。

因为圣诞长假期间一个人在宿舍待得实在太无聊,于是在同实验室的中国学生小张的力邀下,决定到蒙彼利埃的小张好友家去度假。为了买到便宜的火车票,我选择在 25 日上午出发,31 日晚上回。车票是通过法国国有铁路公司网站(http://www.voyages-sncf.com/)购买的高速列车 TGV 票,用信用卡支付,直接将电子票打印在 A4 纸上。去程车票价为 47.9 欧元,回程只要 22 欧元;这个价格是非常便宜的。

因为刚到法国就能体验到法国的高速列车 TGV,感到很兴奋。25 日我起了个大早,一早就赶到了巴黎里昂火车站。巴黎市共有七个火车站,根据目的地的方向不同,分别开行前往不同地区的列车。其中里昂火车站出发的列车主要是前往法国南部及西南方向,前往法国第二大城市里昂的火车均从这里出发。里昂火车站呈开放式,没有固定的查票员。和中国的火车站一样,这里也是人满为患,到处都挤满了提着大包小包的旅客,显得乱糟糟的。

列车出发的站台不固定，需要从站内的大型电子屏幕显示来了解。非常不幸，我乘坐的列车因中部大雪延迟到达，过了开车时间约40分钟，大屏幕上才显示出列车停靠的站台。赶紧随人流去相应的站台登车，因为使用的是电子车票，也就省去了打票这一手续。法国铁路的规矩特别多，如果是一般客票，乘车前一定要在站台入口的机器上打印上日期，否则上车后会被重罚。

TGV（法语 le Train á Grande Vitesse 的缩写，意思是"速度很快的火车"）是法国人引以为傲的高科技产品，也是受到全世界瞩目的高铁。不过从我乘 TGV 的体验来看还是要一分为二，TGV 的车厢设计完全是为欧洲人体形设计的，座椅宽大、厚重，车厢分单层和双层。为了增加载客量，现在大多数 TGV 都是双层的。但我感觉 TGV 的车厢设计不如国内的"和谐号"高铁列车，其车厢内的布局和有效空间利用较差，总之感觉不舒服；车厢内不提供冷热饮水，而且厕所只有一个，很不方便。

TGV 列车时速在 250 公里左右，从巴黎至蒙彼利埃 750 公里的距离正常时间要行驶三个半小时；在车速上 TGV 与国内的高铁比就差了一大截。由于 TGV 采用的是车头牵引和有砟轨道系统，所以，当车提速之后感觉噪音和震动很大，也摇晃得厉害。由于去程时列车因大雪开得慢，严重误点，还没有什么感觉。但在回程时，列车运行时速快了之后，我竟然出现了晕车现象，被颠簸得差点吐了。总之，第一次体验 TGV 的感觉实在不爽。

因为中部大雪的原因，我所乘坐的列车晚点近一个半小时才到达蒙彼利埃。小张和他的朋友到火车站来接的我。与巴黎阴郁的天气不同，位于地中海沿岸的蒙彼利埃则是阳光明媚，温暖如春，心情也自然好了很多。小张的朋友租住在蒙彼利埃市郊的一个西班牙式三层小别墅里，房子宽敞，居住舒适，周围环境特别好。到达当晚，在小张朋友家中吃上了一顿地道的麻辣火锅，对于吃够了巴黎西餐的我来说，简直太过馋瘾了。

　　我在蒙彼利埃这段时间里，过得简直像是神仙的日子。我时而出门闲逛、时而在家中打"升级"，还到小张朋友的朋友家中去玩了一次10个人的"杀人"游戏，真是悠闲的度假生活。蒙彼利埃这座城市给我留下了非常深刻的印象。这是一座古罗马时期风格的小城，因为在公元1、2世纪期间这里由罗马统治，整个城市布局合理，城区内小巷纵横，教堂、神殿点缀其间，处处都散发着古老的历史气息。城中心有一座为路易十四建造的小凯旋门，非常精致。还有一座古引水渠，高悬在街道上空，非常壮观，整座城市都被列入世界文化遗产名录。

　　由于蒙彼利埃滨临地中海，这里的海滩风光也相当诱人。从小张朋友家步行20分钟就是一个非常不错的海滩，我终于也见识到了湛蓝色的地中海。

　　我还到距蒙彼利埃半小时火车车程的小城尼姆（Nîme）去逛了逛。这是一座与蒙彼利埃很相似的古城。由于这里也曾是罗马帝国的领地，整个城市到处都充满了古罗马的建筑风貌，城中的古罗马斗兽场、方形神殿等各种遗址保存得非常完好，整座城市都被列入了世界文化遗产名录。尼姆小城干净而安静，是一个非常适合居住和休闲的地方。

从尼姆乘火车往北半小时火车车程便是法国著名的旅游城市阿维尼翁（Avignon），这里曾经是教皇的皇宫所在地。我到达阿维尼翁时已经是下午了，从火车站一出来，就发现这里显然要比前面两座小城热闹得多，即使不是旅游旺季，这里街道上也是游人如织。阿维尼翁建在一处高地上，整座城市被一道中世纪古城墙所包围，罗讷河从小城边静静流淌而过，给小城增添了一份灵气。河上有一座断桥，那是十二世纪留下的遗物，在整个法国都非常有名。

阿维尼翁最著名的景点便是教皇旧时的皇宫，那是一座看上去非常古朴的城堡，城堡主建筑是哥特式罗马主教宫，它俯视着这座城市。这座教皇宫殿的起源要追溯到十三世纪末，由于当时罗马政教各派别之间的激烈斗争，直接威胁到教皇的安全，因此在法国国王腓力四世的支持和安排下，教皇克雷芒五世于1309年从罗马迁都到阿维尼翁。由于教皇的迁居，教徒们就把阿维尼翁作为朝拜的圣地。不过由于法国大革命的爆发，教皇又将首都迁回到罗马的梵蒂冈。

其实阿维尼翁很小的，如果走马观花半天足够了，只有长住在此，徘徊在那狭窄的古巷中，才能真正感受到这里深厚的历史文化气息。听说在阿维尼翁城边的罗讷河对岸有一大片薰衣草，每年6月下旬薰衣草盛开的时节，那满视野蓝色的花海一定蔚为壮观。

法国南部之行让我更多地体验了法国深厚的历史文化积淀，尤其印象深刻的是这里保存的大量历史遗址，很多都被列入了世界文化遗产。其实，整个法国有 40 多处景观被列入世界遗产名录，但在当地景区都没有标注，看来法国人早已将世界遗产视为平常物了。

八、初探卢浮宫

来到巴黎，我最想做的一件事便是去参观世界上最大、最古老、最著名的博物馆——卢浮宫，去一睹里面馆藏的艺术佳作。这座举世闻名的大型艺术殿堂，多年前就曾令我魂牵梦萦。在新年到来的第一个星期天，也是法国每月第一个星期天的博物馆免费开放日，终于实现了我的这一愿望。

这一天我特地起了个大早，乘地铁 1 号线在 Palais Royal Musée du Louvre 站下车，直接有出口通往卢浮宫玻璃金字塔下方的正门入口。离开门时间还差半小时，入口前面已经排起了长龙。经过耐心等待之后，卢浮宫于 9 点整开始接纳参观者，人们在进入前都要经过严格的安检。

卢浮宫本来是法国的皇宫，建于十三世纪。之后一直在扩建，直到 19 世纪拿破仑三世才算最终完成。卢浮宫之所以成为世界上馆藏最丰富的博物馆，这要归功于拿破仑了，对于他来讲，全世界每一幅天才的作品都必须属于法国。他不断地向外扩张，称雄于欧洲，把欧洲及其他国家所能掠夺来的最好的艺术品全部搬进卢浮宫，最终成就了今天卢浮宫 40 多万件珍品的馆藏。

进入卢浮宫后，我的第一感觉是这里面太大了，有多条甬道通向不同的展室，往哪个方向去都让我有些不知所措。好在一进门就有一个"旅客信息柜台"，可以拿到不同国家文字的参观导引图，这里面也是中文版的；还能租到电子语音导览器，亚洲语种中有日、韩文的，居然没有中文的。这一点卢浮宫做得就没有大英博物馆好，要知道现在中国人是这里重要的参观者来源。

卢浮宫内部整体建筑呈"U"形，包括地下共有四层。正对正门入口的那部分建筑为叙利馆（Sully），左侧建筑为黎赛留馆（Richelieu），右侧为德农馆（Denon），三个馆之间有通道互联。叙利馆地下一层为有关卢浮宫历史的展览，包括一大段中世纪的宫墙。而另两个馆的地下一层也都是一些近、现代的雕塑，个人感觉没有必要在地下一层多浪费时间。

从地上一层开始，便是卢浮宫的精华展厅了。德农馆一层的主要展品是古罗马及意大利文艺复兴时期的雕塑，值得关注的展品有米开朗基罗的一组著名雕塑《垂死的奴隶》。不过，在我看来这里面的每一尊雕塑都雕刻得那么传神，绝对称得上是艺术珍品，都值得仔细欣赏。

而叙利馆一层中也有部分古罗马时期的雕塑展，其中卢浮宫的镇馆三宝之一的《米罗岛的维纳斯》雕塑就在叙利馆的第16展室，那是非常值得一看的雕塑。不过雕像没有胳膊，据说是当年法国人从希腊抢夺此宝时将胳膊打碎了。另外，在叙利馆一层还展出古埃及文物和中东两河流域文明时期的文物；不过这些展品与大英博物馆的比起来还差一些。

黎赛留馆一层的展品包括了一部分中东历史文物和法国本土

从五世纪至十八世纪的雕塑艺术作品,其中最值得看的是位于古代中东第三展厅的《汉漠拉比法典》,那是一块雕着文字的黑色石头。《汉漠拉比法典》是古巴比伦王国的法律文件,也是世界上第一个系统性的成文法典,它被称为卢浮宫的第四镇馆之宝。

卢浮宫的第二层是整个博物馆的精华。其中德农馆二层主要由亨利四世修建的一条很长的画廊构成,里面主要展出文艺复兴时期意大利的名画佳作。卢浮宫镇馆三宝中的达·芬奇名作《蒙娜丽莎的微笑》就在其中的第七展室,不过看这幅画的人太多了,人山人海的,但也只能隔着围栏远远地看。

其实在德农馆中有好几幅达·芬奇的名作,居然没有人关注,看来绝大多数参观者都是外行啊。在德农馆二层还有一个法国十九世纪绘画展室也值得一看,里面大都是鸿篇巨作,每幅画都占据了一整面墙,其中的《拿破仑加冕大典》和《伽纳的婚礼》都是值得仔细欣赏的佳作。

在德农馆与叙利馆连接过道处,展示的是卢浮宫镇馆三宝中的《胜利女神》雕塑。这是一尊古希腊的雕塑,虽然无头、无臂,但那健美的身材和身后那对伸展的翅膀,仿佛从天上徜徉而下,衣袂飘然,展示了极高的艺术表现力。我想所有看过的人都会对这部高度现实主义和浪漫主义结合的杰作发出由衷的慨叹。不过,这座雕塑前也是人山人海,好像所有人都盯着卢浮宫的镇馆三宝,而对其他珍贵的艺术品不闻不问。看来就算是在欧洲,真正懂艺术的人也在少数。

叙利馆二层展出的展品包括古希腊的雕塑和一部分古埃及文物，其中就有一些古埃及的棺椁还有木乃伊也值得看看。黎赛留馆二层的展品全是精美的工艺品，都是法国人从全世界搜刮来的中世纪和文艺复兴时期的物品，可谓应有尽有。不过，这些工艺品与大英博物馆比起来还略逊一筹。从这一点也能看出，法国人对绘画艺术更重视，而英国人对文物感兴趣。因此在对外掠夺时，法国人主要抢画，而英国人抢文物。

卢浮宫三层的展品全是油画。德农馆三层不对外开放，叙利馆三层展出的是法国十八和十九世纪的绘画，而黎赛留馆三层的展品则是法国十四至十七世纪油画，以及荷兰、德国和比利时等国文艺复兴时期的绘画作品。其中法国本土的绘画最值得看，题材大多与宗教及法国大革命有关。也许是审美疲劳的原因，看完第二层的油画作品之后，再看第三层展品，竟然索然乏味，对卢浮宫的参观也草草收场。不过在第三层参观时，我一直在寻找德拉克洛瓦的一件作品《自由引导人民》，那是一幅描绘法国大革命事件的著名油画，不过一直没有找到，希望下次再来参观时，能够找到这幅名画。

从卢浮宫出来时感觉到自己已经精疲力竭了，主要还是因为展馆面积太大了，要看的东西太多了。个人认为，至少需要去三次卢浮宫，才能较完整地参观里面的展品；而且去之前要做好功课，否则会错过很多珍贵的展品。

九、先贤祠巡礼

记得在我来法国之前，就有熟悉巴黎的朋友对我讲，要了解法国的历史，首先应该去巴黎的先贤祠看看。作为现代启蒙运动的发源地，法国曾经历了波澜壮阔的资产阶级大革命，其反封建、反专制、争自由的思潮对近代人类思想的解放具有重要的贡献。因此，探访先贤祠一直是我的一个夙愿。终于在2011年1月2日，每月第一个星期日的博物馆免费开放日到访了先贤祠。

由于整个上午都在卢浮宫参观，到达先贤祠时已经是下午3点。与卢浮宫前参观者人山人海的情形不同，这里要清静得多。踏上先贤祠高高的石台阶，抬头就能看到正门上方的一组大型浮雕。正中的浮雕是由法国著名雕塑家大卫·当热于1831年完成的大型寓意浮雕，中央台上站着代表"祖国"的女神，正把花冠分赠给左右的伟人。

从正门进入，门口会有人发一张免费的门票。首先映入眼帘的是内部宽阔的大厅，虽然感觉空旷，但到处都给人以雕梁画栋的感觉。高高的穹顶上镶嵌着精美的彩色绘画，都是关于巴黎守护神"圣·日内维吾"的题材。当年路易十五建造此建筑物的主要目的也正是为了纪念圣·日内维吾,因此,有关这一题材绘图占据主要位置也就不足为奇了。

大厅内四周是由雕饰精致而粗壮的"考兰天柱"组成的柱廊,柱廊的整面墙壁上也布满了反映法国历史重大事件的绘画。除了有关圣女贞德题材的绘画外,大部分都着墨在与法国大革命有关题材,包括热月事件、雾月政变、二月革命、七月革命等等,其他的我也不知道。不过,大厅内灯光昏暗,而且是一种黄白色的灯光,除了给人以庄严肃穆的感觉外,还觉得有点 人。

继续向前,进入一个稍小的内大厅,正中是一个巨大的钟摆。这个钟摆可是有历史渊源的,1851 年,法国物理学家让·傅科(Jean Foucault)就是在这里用这个科学实验第一次向全人类证明了伽利略的科学预言"地球是在自转的"。而这一装置一直保持至今,向人们昭示了真理的永恒。内厅的四角各有四座大型石雕,其中有代表"真理、正义、公平"的三女神雕塑,有代表"言论自由"的演说家慷慨陈词的雕像。内大厅的正后方是一组群雕,正中高高站立着一位手持宝剑、双目下视的女性,左侧是一群向她谄媚的王公贵族,右侧则是擂响战鼓、手持武器的战士。雕塑的石座上用法文刻着"La Convention Nationale",意思是"国民公会",这是法国大革命时期类似国民议会的组织。这上面还有一行小字"Vivre Libre Ou Mourir",意思是"自由地活着,或死亡",也就是我们今天所说的"不自由,毋宁死"。

这组雕塑中间的女性是法国大革命时期皇帝路易十六的皇后

玛丽·安托瓦内特（Marie Antoinette），这可是位有来头的女人。我曾经在《旅欧散记系列之匈牙利六日纪行》一文中介绍过，被称为欧洲丈母娘的近代奥地利女皇玛丽亚·特蕾西亚，为了政治将她的16个儿女全部与欧洲各国皇室联姻。其幼女便是玛丽·安托瓦内特，嫁给了法皇路易十六。然而这位皇后来到法国之后，热衷于舞会、时装、玩乐和庆宴，奢侈无度，为人民所痛恨。以1789年7月14日攻打巴士底狱为开端的法国大革命爆发之后，路易十六早已慌了手脚、不知所措，倒是这位皇后显得格外强硬，坚拒废除帝制、实现共和，最后夫妻双双被送上断台台。不过，我对这组雕塑的寓意却十分不理解，明明是一位阻碍历史进程的人物，却被塑造得高高在上，仿佛是位女神，不知雕塑家用意何在。

　　内大厅底部有两个小门，从其中一个进去，沿盘旋下的楼梯可一直下到先贤祠的地宫，那里便是安葬法兰西先贤们的地方。一进地宫便是一条长长的甬道，里面被昏黄色的灯光所笼罩。说实在的，要不是充满了对先贤们的崇敬之心，我早就被里面恐怖的气氛给吓跑了。

　　甬道的一端是整个地宫最大的墓室，墓主人是莱昂·甘必大（Léon Gambetta），享受着超大单人间的待遇；不过，他的遗体早已不在了，墓室墙上悬挂着的一个巨大的紫红色瓶子内装殓着他的心脏。中国人可能对甘必大这个名字很陌生，但他在法国却是家喻户晓的人物。甘必大被誉为"保卫共和的斗士"，曾激烈反对过拿破仑三世的封建帝制，主张共和；在第二帝国垮台后担任过国防政府的成员。在普法战争期间，作为国防政府内政部长的甘必大组织了英勇的抵抗，他的角色有点像中国的林则徐。然而当时的政府面对强大的普鲁士军队却表现得软弱无力，签订了丧权辱国的割地赔款条约。中学语文课里有一节《最后一课》的作者都德所描述的就是当时的背景。后来他在第三共和国政府内担任内阁总理和外交部长，他一生内争共和，外抗强敌，在法国人民心目中有着很高的威望，几乎法国每个城市都有以甘必大命名的街道或广场。不过甘必大最后死于手枪走火，这真让人觉得不可思议。

在甬道前端两侧，分别是法国启蒙运动的两大杰出人物伏尔泰和卢梭的墓室，他们两人都享受着单间的待遇，而且位置相当显赫。伏尔泰的墓室前面耸立着一尊他的白色全身雕像，只见他右手捏着鹅毛笔，左手拿着一卷纸，昂首目视远方。后面是一尊巨大的紫红色石质棺椁，棺椁上镌刻着"诗人，历史学家，哲学家。他拓展了人类的精神，他使人类懂得，精神应该是自由的"。伏尔泰是世界闻名的思想家、哲学家和文学家。他是现代"民主、自由、平等"思想的奠基人；今天我们常讲的一些脍炙人口的格言，如"我不同意你的观点，但我誓死捍卫你说话的权利"、"人类最宝贵的财产——自由"、"生命在于运动"等都出自伏尔泰之口。

伏尔泰墓室对面就是卢梭的墓室，卢梭的棺椁也是紫红色石质，上面镌刻着"这里安卧着自然和真理之人"。棺椁外形像一座乡村小屋，一只擎着一把火炬的手从门缝伸出来，这大约是象征着即使卢梭谢世，但他不安分的思想依旧要在人间发出光和热。卢梭也是法国十八世纪末思想启蒙运动时期最卓越的代表人物，他反对专制和暴政，并提出"天赋人权"论，至今仍为人所称道。中国人对卢梭应该情有独钟的，因为他的思想和中国革命有着某种不可忽视的联系。

上大学的时候我也读过他的著作《忏悔录》，对这位伟大的哲学家和文学家有一定的了解；今天能够亲身到他的墓地前来拜谒，也是深感荣幸。

在甬道内还有一位享受单间待遇的是先贤祠的设计师苏夫洛（J.G.Sufflo），他能与其他法兰西史上最著名人物一样获此待遇，表明法国人对他的极大尊重。不过他的棺椁却是普通水泥制的，位置也稍偏。

目前先贤祠内共埋葬了72位先贤，除了上述四位外，其余先贤都只能住多人间。即使如此，葬在此处的先贤们也是在死后等待多年，经过法国国民议会讨论后，由国家颁布法令才被迁葬先贤祠。因为法国人认为人的思想的真正价值是要通过长时间考验才能定性的，需要跳出某个瞬间而在整个历史的长河中去透析、去回味鉴定。如果迁入后发现曾有不端行为的，还要被迁出。

沿灯光昏暗的甬道继续向前走，左右各有多间墓室，全是多人间，有的一间墓室内放置了十几具棺椁，材质同样是普通水泥的。在这些墓室中，也有我们所熟悉的人物，其中著名的小说家维克多·雨果便是其中一位，他的小部《巴黎圣母院》和《悲惨世界》被国人广为传诵。雨果不仅是一位浪漫主义作家，更是一位反封建、反专制的斗士,他入住先贤祠绝对实至名归。

与雨果同室的还有同样是文学家的埃米尔·左拉和亚历山大·杜马(即我们所熟悉的大仲马)。作为法国批判现实主义作家的左拉,也算是当时法国文学界中自然主义流派的一位代表人物,入先贤祠也没有什么不妥。可大仲马的入住争议就很大,虽然他写的小说诸如《基督山伯爵》、《三个火枪手》是可读性较强的畅销小说,可要论思想的深刻性还差得太远。而且与他同时代的许多作家如巴尔扎克、莫泊桑、司汤达都比他在对文学及社会思想性的贡献更大。尤其像巴尔扎克那样用犀利的笔锋批判封建专制、弘扬社会正义的作家,居然被排斥在先贤祠之外,真让人难以理解先贤祠入选条件的公正性。而且大仲马的个人品行也不良,私生活糜烂,难怪人们对他入住先贤祠争议不绝。可以看到在他入住的那里的墓室墙壁上,刻有他名字的地方被划得乱七八糟。

先贤祠中除了有思想家、哲学家、政治家、保卫国家而牺牲的军人之外,还有多位对法国做出重要贡献的科学家,比如有我们熟悉的数学家拉格朗日。我在大学学习《高等数学》时,就学习过著名的拉格朗日定理、方程。作为拿破仑时代的科学家,拉格朗日在天文学和力学领域同样也取得过骄人的成绩,被誉为近代欧洲最伟大的数学家。不过,拉格朗日棺椁所在的那间墓室是一个多人间。

同室的还有一位是法国著名物理学家保罗·朗之万(Paul Langevin),他是皮埃尔·居里的学生。他的知名主要是因为曾经与居里夫人有过不寻常的关系,当时引起整个社会舆论的哗然。不过,保罗·朗之万在物理学领域同样取得了杰出的成就,其中在阴极射线、电磁学和相对论物理领域中,所取得的成果更受到了爱因斯坦的极大赏识。保罗·朗之万对咱们中国非常友好,促成了中国物理学会的成立,并成为创始荣誉会员。他来过中国,当时正值"九一八事变"爆发,他带头在欧洲谴责日本军队的野蛮行径。因此,每一位中国人都应该知道他。

我所敬仰的居里夫人棺椁被安置在甬道中段的一个多人间内。虽然这间墓室有多个空位,但仅安放了居里夫人和她的丈夫皮埃尔·居里两人的棺椁,其中皮埃尔·居里的棺椁在靠近墓室门前的左侧下方,而居里夫人的棺椁则在其上方。不知谁在居里夫人的棺椁前放着几束鲜花,显示对居里夫人的崇敬者还大有人在。我虔诚地走进墓室,这也是我在先贤祠地宫唯一进入过的墓室,站立在居里夫人的棺椁前,向我从小就仰慕的科学家轻轻地鞠躬,算是了却了心中的一个夙愿。

从先贤祠出来,我也真正领悟到这座法兰西精神圣殿所具有的内涵,是早已浸入人们灵魂的对思想与文化的尊崇。也使我理解了法国是一个懂得尊重思想的民族;因此,这个国家会不断诞生伟大的思想。一个拥有伟大思想的国家,才能拥有不断前进和发展的力量。自由、平等、博爱的思想是法兰西先贤留给全人类最美好的遗产,正是这些先贤们谱写了法兰西壮丽的史诗,并为它打上了印记。他们以激情和天赋,捍卫了自由、平等、博爱,捍卫了人类最美好的理想,并激励人们在无尽的岁月中不断地为追寻这一理想而奋斗。

与此同时,我也产生了许多疑问,因为还有很多我们所熟悉的法国伟大的思想家、哲学家、政治家和科学家,在先贤祠中却找不到他们的身影。比如,当先贤祠在给予伏尔泰和卢梭这两位启蒙运动杰出人物极高待遇的时候,却遗忘了同时代另一位启蒙运动的伟大先驱——查理·路易·孟德斯鸠。这位18世纪最著名的启蒙思想家和法学家对全人类都具有重要的影响的人,他提出的"三权分立"、"君主立宪"等法学思想在全世界的社会实践中得到了广泛的发展。可就这样一位伟大人物却被排斥在先贤祠之外,让他仍寂寞地躺在故乡波尔多的拉布雷特庄园的墓地里,感觉真的有点不公平。

同样伟大的唯物主义哲学家、美学家、文学家丹尼斯·狄德罗,也在先贤祠找不到他的位置,哪怕是个多人间呢!另外,还有许多对全人类做出杰出贡献的法国科学家如微生物学家路易·巴斯德、数学家兼哲学家热内·笛卡尔等也找不到他的影子。在文学界领域被遗忘的人更多,如我们前面提到的巴尔扎克、莫泊桑等。也许他们仍然需要耐心地等待历史的检验。

十、生活在巴黎

到今天为止，我到巴黎刚好整整待了一个月。回想起一个月前的今天，我在风雪之夜抵达戴高乐机场，那种茫然不知所措的情景至今仍历历在目，真有往事不堪回首之感。去世界时尚浪漫之都巴黎，去居里夫人工作过的世界名校学习，这一切都曾被周围人羡慕不已。然而，一个人身处异国，饮食不习惯、语言不通、孤独寂寞等等个中滋味只有自己最能体会到。转眼一个月过去了，生活、工作也渐渐步入正轨，在今天这个特殊的日子里，感觉应该写一些东西来以示纪念。

每天清晨，我像巴黎人一样乘电车、换地铁、再换公交车去位于巴黎市郊 Ivry-sur-Seine 的巴黎六大化学系高分子合成实验室上班；当夜幕降临之后，我又随熙熙攘攘的人群返回大学城的住所，生活单调而又有规律。放完圣诞节、新年长假，实验室的工作也步入正轨；办理了各种入校手续及证件，同事也为我安排好了办公桌椅。

而我的研究课题也正式开始，我的工作主要是研究生物可降解材料的反应挤出制备，这是当前欧洲十分流行的课题。实验室还专门为此课题从德国哈克公司购进了一台小型反应型双螺杆挤出机。我的指导老师 Alian 专门与我讨论了多次,并制定了实验方案。每日查资料、订原料、做实验、测数据,一天倒也忙忙碌碌。

与整个实验室的其他老师和研究人员也渐渐相识,发现这个实验室的成员工作都很勤奋,每天除了早上在楼道里见面时互道一声"Bonjour"之后,也没有太多的交集,反而是我们课题组的成员经常在一起活动。我们课题组有 4 位正副教授、一位仪器设备工程师和 4 位博士生,现在加上我共有 10 位成员。Alian 即是实验室的大老板,也是我们课题组的头,所以大家都要围着他转。每天中午必定会等全体成员到齐后,由 Alian 带队,大家浩浩荡荡步行到实验室附近的《世界报》食堂去吃午饭。午饭的标准是 11 欧元的三道式西餐,营养丰富,但味道一般。好在六大给每人补 5.5 欧元、系里每人再补 3 欧元,这样自己只需付很少的钱就能吃到不错的午餐,我也能享受到补贴,这倒是有点惊喜。

Alian 是位非常幽默的人,每天饭桌上离开不他的耍宝,随便找个"包袱"就能把大家逗得前仰后合,而每天这个时候也是大家最轻松的时刻。

我课题的合作者是一位年近 60 的法国老太太,她是六大化学系资深的研究人员、核磁共振专家。老太太至今仍是单身,据说家中没有电视、只有几大柜子的藏书;也不用手机,平时表情严肃、拘谨,一看就是个精神世界丰富、性格怪异的人。在与她接触、一起工作的过程中,她总是显得非常拘谨,"Merci, Merci"不离口,她的拘谨传染得我也非常紧张。

不过，在科学实验问题上，她是绝对的严谨和一丝不苟，真正体现出一位科学家的品质。其实，我们整个实验室的教授和研究人员工作都非常勤奋、努力，每天工作到很晚，经常是过了7点钟整个实验大楼还灯火通明。有时候过了晚上6点下班时间，看到大老板Alian还没离开，我也不敢走，只得在实验室多耗一会儿。此前听说的"欧洲人工作从来不加班"、"每天有好几个Coffee Break"等传闻，在这里从来没有出现过，看来六大的传统就是与别的法国单位不一样。

由于科研体制与国内不同，法国的教授是真正意义上的科学家。因为科研经费全部由国家下拨，而且管理十分严格，谁也别想打科研经费的歪主意。当然，教授们的工资也足以使他们过上富足的生活。因此，他们能够全身心地投入到研究工作中。

另外，法国高校没有对教授们的科研工作有数量上的硬性规定，每年能发多少篇论文全凭自己决定。所以，他们的工作是真正意义上的对科学真理的探索。相较国内的科研体制，感觉真是弊端丛生，为了得到项目和经费，中国的教授们都不得不变身为交际花，到处去拉关系，找熟人，还要陪酒，牵扯了大量的精力，哪里还有时间去想科学问题。

还有一个最大的区别，国内科研单位以所谓的岗位聘任制，给教授们规定了每年要发多少篇SCI论文、申请多少项专利、科研经费多少等等硬性指标，这也使得国内大学老师为了能够保住自己的岗位，常常要不择手段去达到这些指标，这完全背离了科学研究的真正意义。在法国，没有任务和压力，我突然感觉到，科学研究原来也是这么愉快的事啊！

每当星期六、日来临之际，便是我漫游巴黎的时刻。

我喜欢徜徉在圣日耳曼及周边地区（St. Germain des Prés）的小巷内，在一家家特色小店内闲逛，仔细地看里面的艺术藏品，或到传统的奶酪店里，厚着脸皮要一小块特色奶酪放到嘴里，体验一下那令人龇牙咧嘴的怪味。抑或到位于小巷深处的德拉克洛瓦故居去转上一圈，去看一看他究竟是在怎样的环境中创造了《自由引导人民》这样一幅不朽的画作。

在午后，我会一个人静静地坐在圣日耳曼教堂内的长椅上，闻着刚刚结束的弥撒留下的淡淡薰香味，回忆一下曾经走过的艰难岁月。圣日耳曼教堂对面隔街有两个著名的咖啡馆：双人偶咖啡馆和花神咖啡馆，那可是传统文化与显赫声名交织的巴黎著名文化圣地，传说当年萨特、毕加索、王尔德曾常常在这里与情人聚会，而海明威在巴黎居住的日子里，也是这里的常客。今天，这里仍然是藏龙卧虎之地，只要在咖啡馆门口静候，说不定会碰到哪位名人呢！

有时候，我会到蒙帕纳斯地区，在那座被巴黎人唾弃的"幽灵大厦"——蒙帕纳斯塔楼周围的商业区瞎逛；或者潜入到蒙帕纳斯公墓里，去寻找我所熟悉的名人如萨特、莫泊桑、波伏瓦的墓碑。我最喜欢做的事还是在塞纳河边散步。

我喜欢从亚历山大三世桥开始，数着桥上的小爱神雕塑，穿过雍容华贵、金碧辉煌的大桥，沿塞纳河边步行到协和广场；瞻仰过方尖碑后，再沿河边一直漫步到艺术桥。一路欣赏着被夕阳光晕笼罩的卢浮宫，沿途或会在某位街头画家的身边驻足，欣赏一下巴黎民间画师的草根之作，也体验了一份超然的悠闲。

虽然生活在异国他乡有难言的艰辛，然而，能够身处巴黎，正好能够利用这个大好的机会，深入品味一下这座历史文化名城的韵味，我又何尝不是最幸运的呢？

第三章

寻访巴黎有趣之地

十一、情寄蒙马特高地

巴黎阴雨的天气几乎持续了整整一周，终于在1月15日周末这天迎来了晴朗的天空。

刚好赶上法国的冬季商品打折促销期，这是政府主导的商业促销行为，每年冬夏两个打折季节是雷打不动的，平日昂贵的高档品牌服装及鞋帽，此时能够以5折甚至更低的折扣买到。于是，我们同一实验室的几位中国人也相约在这天出动了。

我们去了距巴黎约140公里外的特鲁瓦市（Troyes），那里有个巨型的Outlets，即名牌购物村，里面集中了世界上大多数的著名品牌专卖店。其实，买东西倒是次要的，利用这样一个周末，到位于巴黎东部香槟大区的特鲁瓦市去转一转到是我的真实想法。隔壁课题组的一位同样姓张的博士后开车，带着他的爱人、我，还有同组的小张一起开始了旅程。

远离喧嚣的巴黎，在这样一个风和日丽的上午行驶在法国乡间公路上，沐浴着明媚的阳光，眺望那碧绿的、一望无际的田野，能够感知早春二月万物复苏的气息。往日阴郁天气带来的沮丧心情，也在这春日阳光的照射下，消失得无影无踪了。

我们驱车近两个半小时,在中午时分到达位于特鲁瓦市郊的 Outlets,发现这里已经人满为患。这个购物村实在是太大了,我们也只是草草逛了几家自己熟悉的专卖店,其中在 Reebok、Columbia、Northface、Lacoste、Polo Club 都发现了自己喜欢的鞋和衣服,无奈号码不是大就是小,一直没有斩获。最终在 Clark 专卖店买到了一双 36 欧元的黑皮鞋,样式还不错,关键是同国内动辄一千多一双的相同品牌的皮鞋相比,这里的价格就太便宜了。

余下的时间我们开始在特鲁瓦市区闲逛,与购物村喧闹的环境形成极大的反差,市区内倒是安静极了,整个街道竟空无一人。特鲁瓦市的建筑极富特色,都是些砖木结构的老房子,有些看似东倒西歪,但却都是重要的历史文化遗产。其中的圣皮埃尔教堂更显得破旧,但装饰成花格子布料一样的屋顶简直让人忍俊不禁。特鲁瓦市是十五世纪英法百年战争期间圣女贞德率军经过的地方,当时贞德率军到达特鲁瓦市后,面临粮食供应不足的问题。据说此时贞德结识了一位名为"兄弟理查"的修道士,兄弟理查长期以来在特鲁瓦市宣扬世界末日将近的警告,这使得当地农民普遍改种豆类等早熟农作物。军队到达时它们刚好成熟,于是便解决了粮食问题。在特鲁瓦市政厅的墙壁上仍然有记叙这一事件的铭文。

从特鲁瓦市返回巴黎时遭遇了大堵车,用了近 5 个小时才到家。看来"堵"是全世界大都会的一个典型特征了。

接下来的星期天,仍然是晴空万里。一大早起来,我便决定前往蒙马特高地，因为那里不仅曾是毕加索、梵高等世界知名画家居住过的地方，到处充满了艺术气氛，成为巴黎最别致、最多姿多彩的城区之一，而且我心中向往已久的圣心教堂也在那里。

乘地铁12号在Anvers站下车，出站后发现自己已经置身于热闹非凡、无比嘈杂的街道中了，感觉这里是一个各色人种大杂烩的地方。沿着古老而狭窄的街道一直向上，那白色的、引人注目的圣心教堂已经出现在前方了。

不过，要到达圣心教堂可要经过一条骗子云集的街道。国内早已揭露过的、利用三张扑克牌进行飞牌赌博的骗局在这里竟然被摆在了街道中央，而且还有一群"托"在一旁助阵。由于这里外国旅客很多，竟然也有游客上当。另外，还有一些黑人强行往游客手腕上绑五颜六色的吉祥绳，以骗取钱财，颇令人反感。

摆脱了骗子的纠缠，终于来到了圣心教堂所在的山丘脚下。我沿着石阶向上攀去，此时，台阶上有一位演奏竖琴的街头音乐家弹起了《爱的罗曼史》。那行云流水般的旋律深深地打动了我，我不由得坐下，静静地聆听了好几首优美的竖琴曲后，才依依不舍地离开。

位于蒙马特高地顶端的圣心教堂是一座拜占庭式的纯白色建筑，它那三个洁白的圆形穹顶极富特色，颇具罗马式与拜占庭式相结合的别致风格和东方情调。这里曾经是旅居巴黎的画家们最喜欢描绘的场景，而且在那些以巴黎为背景的电影中也常出现它的身影。

到了圣心教堂所在的山丘上,每个人都会有高山仰止的感觉。从这里往巴黎市中心看,巴黎的千年历史尽收眼底。据说这里也是眺望华灯初上的巴黎夜景的最佳场所。进入教堂参观是免费的,但不能照相,而且有专人监督。

圣心教堂内部宽敞,正中央的圣坛上方是巨幅天顶壁画,高大的耶稣伸开双臂站立中央,身后有光环,头上方有展翅飞翔的和平鸽,再上方是呈倒影式的天父,只露头和双肩,头戴三层宝冠,显得极富神韵。教堂内有许多浮雕、壁画和镶嵌画。尤其是当午后阳光透过高高的彩色玻璃射入教堂那一刻所产生的光晕,让人有种恍如隔世的感觉。

离开圣心教堂后,我步行来到蒙马特高地附近的克里什大街(Boulevard de Clichy)。这里是巴黎著名的风情街,满大街两侧分布了大量的"性趣"用品专卖店,还有一些大型的表演场所。从门口那撩人性欲的广告牌可以得知,这里面有大多都是色情表演。不时还有穿着裸露的女人过来拉客,让人防不胜防,看来这里就是巴黎的红灯区了。

不过令人吃惊的是,著名的"红磨坊"夜总会也在这条大街上。夜总会顶上安装着一个长长的、闪烁着红光的大叶轮,颇为醒目;而且与它紧邻的还有一家大型色情表演场所。从红磨坊夜总会门口售票处所展示的照片可以看到,这里的表演者都是上身裸露,身上披挂着华丽的羽毛服饰或金属片,高高地抬起大腿,很像旧上海歌舞厅里的表演风格。听说这里是国内旅行团必到的地方,不过从售票口的价目表可以看出,一张表演票价在120至140欧元,让人有点吃不消。

到巴黎一个多月了,每次总是远远地看到埃菲尔铁塔——这座巴黎市最著名的地标,我却一直没有机会走近它。正好乘着天晴,我离开蒙马特高地后,直接乘RER前往埃菲尔铁塔所在的战神广场附近,去近距离欣赏这座举世闻名的建筑。

一出RER车站,那高大的深赫色铁塔便矗立在眼前。虽然这座建于1889年的铁塔设计新颖独特,被誉为是世界建筑史上的技术杰作,不过,当我看到埃菲尔铁塔时却没有一点兴奋的感觉,这个钢铁的大家伙一点也不具美感,甚至有些丑陋,与如此美丽的城市根本不相匹配。

可能是埃菲尔铁塔的设计出现在一个变革时期,那个时期设计者的理念就是把最先进的文明成果、最新潮的产品和理念融于作品之中。所以,埃菲尔铁塔是一个典型的现代主义作品,具有反传统的个性。不过,此时我早已没了登塔参观的兴趣了,只在附近的塞纳河畔拍了几张照片就离开了。

接下来乘地铁去了巴士底广场,这曾经是臭名昭著的巴士底狱所在地。那座曾经在查理五世时期关押政治犯的场所,早已在1789年7月14日爆发的大革命中被摧毁。封建专制统治的罪恶象征早已不复存在了,如今这里变成一片空旷的广场;广场中央竖立着"七月革命"纪念柱,周边则被大量的餐馆和咖啡馆所包围,成了巴黎市民休闲的场所。其实,我到巴士底广场的真正目的是去附近的浮日广场（Place des Vosges）一游。

向巴士底广场西北方向步行穿越一片热闹的街区，便来到了浮日广场。这个所谓的"广场"也仅是一个由36栋古老建筑围起的一个四方形大院子，令人想起传说中的"围城"。这里曾经是亨利四世修建的皇家庭院，院子中心是一大片被高高的铁栅栏围起来的绿地，绿地的中间矗立着法皇路易十三骑马的铜像，还有一座罗马式的喷水池，算是给这个平庸的地方增添了一份贵族气息。四周的楼房被回廊相连，回廊里有多家咖啡馆、酒吧和艺术品商店，到处都是悠闲自得的巴黎市民。

其实这个广场本身并没有太多的特色，就因大名鼎鼎的维克多·雨果曾经在这回廊中的6号院里居住过，使这里增添了浪漫气息。当时雨果只是个自由撰稿人，作为一名普通的巴黎"租房客"，雨果及其家人曾在此居住了16年。据说当时这里每年的房租是1500法郎，这给雨果不小的生活压力。他每天要完成四五千字的文稿，才能满足基本生活需要，其生活辛苦程度可想而知。

也正是在这里，雨果完成了他的巨著《巴黎圣母院》和《悲惨世界》。本想进去瞻仰一下这位我熟悉的作家故居，但发现这里现在也开始收费了，要6.5欧元，于是放弃了。在回廊中发现了雨果当年常去的咖啡馆，进去转了一圈，算是感受了雨果的足迹、了却了缅怀这位世界著名大文豪的心愿。

回家之后偶然一翻书才发现，自己之前的功课没有做好，在去蒙马特高地时遗漏了几个重要的景点。一个是用各种语言写满"我爱你"的爱之墙,还有一个是毕加索的故居"洗衣船"旧址。而且听说其附近的小丘广场也值得一看,那里有很多民间画家在即兴创作,是最能反映巴黎民间艺术特色的地方。下周末我一定会补上。

"蒙马特高地"补遗一

上周蒙马特尔高地之行竟然遗漏了小丘广场(Place du Tertre)等重要的景点。于是,我利用这周末补上这一课。不过,从周二起的降温使巴黎阴冷异常,到了周六竟然阴雨绵绵。仔细查了地图发现,要去民间画家集中的地区——小丘广场,需要在地铁12号线的 Abbesses 站下车,于是我换乘了三次地铁才到达此站。

在出站口左侧不远处,有一个小小的街心公园,著名的"爱之墙"就在公园内。墙壁并不太大,墙面上镶嵌着深蓝色瓷砖,表面用白色油彩写满了由世界各国文字组成的"我爱你"。据说墙上面共有311种文字写成的"我爱你",看着让人眼晕。不过用中国写的"我爱你"很容易找到,就在墙的左侧。

这座"爱之墙"建于2000年,发起人是法国当代一位擅长写爱情歌曲的音乐家,叫雷德里克·巴隆。正如他所讲,建造这座墙的宗旨,就是因为在暴力存在和个人主义至上的世界里,墙把人们分隔开来,然而送去一声简单而真诚的"我爱你",却时常能克服误解和拆除分歧的藩篱,"爱之墙"为使用不同民族语言的人提供了一个相聚与和谐相处的地方。

如今我们可以看到，在"爱之墙"密密麻麻的文字间，散布着不同形状的红色块状东西，据说这些红块象征着破碎的心，"爱之墙"设计者期冀用纯洁和美好的爱来重新组合这颗已碎的心，法国人的浪漫情怀在这里表现得淋漓尽致。

从街心公园往北，沿小道一直往上走，途中要攀登两个非常陡峭的石台阶，步行约10分钟，就来到蒙马特尔高地最热闹的地方——小丘广场。这里游人如织，小小的广场中还聚集着许多巴黎的民间画家，这些画家支着画架，有为游客画像的，也有随意作画的。游客可随时停下来站在他们身后看他们作画，浓郁的艺术氛围令人惊叹。

我还看到一位来自咱们同胞的画摊，作品都是有关巴黎风光的。不过在我看来，由于在卢浮宫里看了大量世界各国大师的传世巨作，再看这些名间画家的作品，感觉太平常了。我在广场周边不少个人开的小画廊里面倒是发现几件非常不错的人物画。

行进在蒙马特高地的小巷中，可以感受到这一带充满了无穷的艺术气息。其实，一直以来蒙马特高地都是来自世界各地的流浪艺术家聚居的地方，包括享誉世界的绘画大师毕加索、高庚、梵高、塞尚以及来自国内的张大千、徐悲鸿等，生前都曾在蒙马特高地生活和作过画。毕加索曾经居住过的"洗衣船"旧址目前还开辟为重要的观光景点。谁能预言眼下在这里聚集的民间画家里，不会出一两个世界级的大师呢？

"蒙马特高地"补遗二

自从上次去过蒙马特高地之后，那里竟然成了我魂牵梦萦的地方。那古色古香的小街忽上忽下，迂回曲折，两旁低矮的石头屋子参差不齐，有种梦一样的韵味，令徜徉其间的人流连忘返。所以趁1月30日星期天的大晴天，我再次去了趟蒙马特高地，而这次也终于找到了西班牙大画家毕加索曾经居住过的"洗衣船"旧址。此前一直找不到，其实就在 Rue Berthe 的尽头。

据说当年的蒙马特尔与现在大不一样，这里曾经是巴黎最有田园风光又最富于浪漫色彩的一个地区。房屋跟真正的乡村没什么不同，前后还留着不少空地，附近居民在上面随意种些蔬果；这里因此也成为印象派画家偏爱的地方，离城不远，又保留着乡村风光，直接接触大自然，实地捕捉野外的阳光，非常符合他们的艺术想象力。

想当年，年轻的穷画家到了巴黎，大都落脚在蒙马特高地，在20世纪初，那里还保留着有千年历史的磨坊和葡萄园。小街迂回曲折，石板屋顶参差不齐，安静的墓地，宗教的遗迹，徜徉在山林里不用多少想象力，便能想象出当年卢梭在坡地采集草药的情景。

塞尚、马奈、莫奈、雷诺阿也都来蒙马特高地写生。此处住着农民、工人、小职员，来自欧洲各国的移民，生活水平虽低，但人很乐观。小贩们也会推着小车到这里沿街卖杂货，以几法郎、十几法郎收购穷画家的一幅作品。这里有小酒店、咖啡馆，吧台前放几张破桌，一法郎吃饱，两法郎吃好，四法郎吃得像个国王；

不但如此，穷画家还可以赊账，用画换一顿吃喝。这里还有四壁通风但租金低廉的旧公寓和画室。这里还有跟画家一样饥肠辘辘的模特。

那个时候，在蒙马特高地的小丘广场可以遇到西班牙人毕加索、格里斯，荷兰人梵高，意大利人阿波利奈尔，瑞士人桑德拉斯，更不用说法国人勃拉克、弗拉明克、德莱、雅各布……这些人今日在艺术史和文学史中被称为开创一代风气的大师，而在当时只是一群衣衫褴褛怪异、饥肠辘辘的波希米亚人。

"洗衣船"楼则是当时蒙马特高地上一个艺术家聚居的地方，曾在这里居住过的大师有：杜里奥、莫弗拉、莫里亚克、瓦尔东、毕加索、奥兰、甘东、格里斯、瓦依昂、莫迪里亚尼、萨尔蒙、雅各布等在艺术史、文学史、音乐史上留下名字的达三十多位，这还不包括不住在这里却常来探访作客的名人。所以研究二十世纪现代艺术的起始与发展，都必须翻到这一页。

据说当时这座楼的造型很怪，建在一个斜坡上，正门号码是13号，面对一个小广场，进门后只有一层，穿过楼梯往下走则还有三层。从后门出来则是斜坡下方的一个小院子。房屋内部的结构错综复杂，有的房间没有窗户，只有出气洞。传说某个冬天夜晚，一名德国画家爬上屋顶扫除遮住玻璃窗的雪，一脚踩进了出气洞，跌坏了腰，不久便不治身亡。

在毕加索租下杜里奥用过的画室时，这幢楼被他们称为猎屋，因为只用木板隔断的大空间活像一间间阿拉斯加猎户的小屋。至于后来怎么会改称"洗衣船",据说是因雅各布看到山坡上的这幢怪楼,窗口挂满了晾晒的衣服,迎风飘扬,活脱脱像一艘洗衣船。这里面的设施少得令人吃惊,没有自来水,唯一的水池在底层,需要早晨排队取水。没有煤气,没有电,毕加索用一只大煤油灯照明。到了上世纪三十年代才安装好这些设施。

夜里作画时,毕加索再点上一支蜡烛,沿着画的四边移动,借烛光察看画的细节。隔板极薄,邻室有任何响声都听得一清二楚。寒冬腊月,炉子里没有煤的日子,毕加索躺在床上不起来。到了夏天,尽管有过廊风,还是热得令人窒息。毕加索的房门洞开,其他房客经过前面,经常看到他赤身裸体,腰里围着一块布,大汗淋漓地在作画。二十世纪最有影响力的油画《亚威农的少女》正是在这里创作的。

当我找到"洗衣船"旧址的时候发现,原来的"洗衣船"楼在1970年失火烧毁了,现在成了一个宾馆,只是在它的旁边开了一个橱窗来介绍当时的一些艺术家云集的盛况。

十二、探访巴黎的墓地

在我们中国人的眼中,墓地是阴森恐怖的地方,人们避之而不及。可是在巴黎,墓地是城市的一部分,那里犹如城市的绿地,已经成为巴黎市民休闲散步的好去处,而且墓地周围还密布着住宅楼和各种商店、酒肆。更令人惊奇的是,这些墓地里不仅埋葬着法国本土家喻户晓的人物,还有从世界各国远道而来、活跃在巴黎、热爱着巴黎,最后长眠于巴黎的名人。因此,巴黎的墓地甚至成为来自世界各国游客的热衷前往的人文景观、缅怀心中崇拜者的最佳场所,其中拉雪兹神父公墓(Cimetière du Père Lachaise)就是巴黎数个公墓中的一个代表。

我利用本周日去了一趟拉雪兹神父公墓,去缅怀我心目中的偶像。从住所出发乘 RER 再换地铁 2 号线,在 Philippe Auguste 站下车,有专门的指示牌指引,步行约 5 分钟就到了拉雪兹神父公墓的正门口。有一点需注意,乘地铁 2 号时千万别在 Père Lachaise 站下,那里是拉雪兹神父公墓的旁门,进去之后很容易转向的。公墓被高高的围墙包围着,进入公墓后,有一块指引牌显示名人墓地所在的区域和位置。另外,也可花 1.5 欧元买一张名人墓穴位置图,不过我直接拍了一张指引牌的照片来引导自己去找心中名人的陵墓。

拉雪兹神父公墓是由拿破仑主持建立的，其名字来源于路易十四的神父。整个墓区依山而建，陵墓层层叠叠、密密麻麻地沿山坡分布；墓园内苍松翠柏，虽然是隆冬时节，依然是郁郁葱葱，显得庄严肃穆。都说巴黎人浪漫，他们死后的墓碑也设计得格外与众不同。那些墓碑并非是一块死气沉沉的条石，而是根据各人生前的职业、喜好或功绩，将墓碑雕刻成各种艺术造型，或在墓碑上摆上本人的雕像或艺术品雕塑，总之，令人感觉这墓碑也成为琳琅满目的艺术品。

我沿着石台阶向上走，首先找到了位于11区的波兰音乐家肖邦（Fryderyk Fanciszek Chopin）的陵墓。与众多设计夸张的陵墓相比，肖邦墓显得朴素、低调，仅在低矮的墓碑正前方刻着他侧面头像浮雕，下面是他的名字和生辰。墓碑之上有一尊白色雕像，那是一位裹着轻纱、披散着秀发、怀抱小提琴、沉浸在忧伤中的少女。这尊雕像寄托着人们对天才大师的惋惜和哀悼。

肖邦被誉为"钢琴诗人"，他于1831年旅居巴黎。在这个浪漫艺术之都，他收获了爱情，事业也得到了极大的发展，并成为举世瞩目的音乐家。然而，这位才华横溢的天才音乐家却英年早逝，去世时才39岁。今天可以看到在他那朴实无华的墓碑前总是摆满了来自世界各国"粉丝"的鲜花。当我找到肖邦墓的时候，那里已经围满了游客。

伫立在他的墓地前面，令人禁不住缅怀这位音乐家的身世和那些耳熟能详的乐曲，他那年轻的、才华横溢的形象和那敏感、细腻、丰富又充满强烈诗意的钢琴奏鸣曲，又仿佛在脑海中闪现。

继续往上攀登，并在陵园左侧的 48 和 49 区找到了我心目中的伟人——作家巴尔扎克和画家德拉克罗瓦的陵墓。德拉克罗瓦就是那位在法国大革命期间创作《自由引导人民》的画家。他的墓一点也没有特色，就是一口黑色的大棺材，看着有点 人。巴尔扎克的墓也非常朴实，陵墓只有一个小小的基座，上面是巴尔扎克的铜质塑像；只见他目视远方，双目炯炯有神，展现了非凡的洞察力。

在墓园中央的 25 区，我找到了法国著名喜剧作家莫里哀 (Moliere) 的陵墓。中国人对这位法国的喜剧大师并不陌生，他以整个生命推动了戏剧的前进，以滑稽的形式揭露了社会的黑暗，是法国古典主义文学和欧洲文艺复兴运动的杰出代表。莫里哀墓是一口悬在半空的石头棺材，与莫里哀并排安葬的是法国著名诗人和寓言家拉·封丹 (Jean de La Fontaine)，这位也是与莫里哀同时代的法国杰出人物。

在拉雪兹神父公墓最北端靠中间的 89 区，是英国著名作家、诗人和戏剧家奥斯卡·王尔德的陵墓。王尔德是一位风流倜傥的诗人，他的作品以其辞藻华美、立意新颖和观点鲜明闻名，而他的戏剧作品更受大众欢迎。然而由于他那自由和大胆的生活作风，使他成为那个时代英国上流社会斗争的牺牲品，他因同性恋吃上官司而不得不流亡巴黎，在经历了人生曲折之后死去，去世时年仅46岁。

王尔德的墓碑非常特别，按照他在诗集《斯芬克斯》中的意愿，雕刻成了一座小小的狮身人面像。当我看到他的墓时，发现整个墓碑上都印满了红红的唇印（吻痕），墓前摆放着几束鲜花；而一群女孩子正围在他的墓旁拍照，说明王尔德在年轻女性心中的地位是很高的。钱钟书先生在他的小说《围城》中有过这样一段记叙，苏文纨在留法期间曾听过王尔德的讲座，并有过一面之交，还获曾王尔德的诗作《夜莺与蔷薇》，于是后来回国后在朋友中炫耀，可见王尔德在当时文学界在地位。

在拉雪兹神父公墓的东南角，便是著名的巴黎公社墙（Mur des Fédérés），那只是一道普通的公墓围墙，然而在1871年5月28日，巴黎公社的最后147名成员在此被反动的凡尔赛军枪杀。

作为来自社会主义中国的同胞都应了解这段历史。当时的历史背景是，拿破仑三世创立的第二帝国，因普法战争失败而崩溃，而新成立的以阿道夫·梯也尔为首的第三共和国政府又与德国签订了丧权辱国的割地赔款条约，从而激起巴黎民众的武装起义，最终在巴黎成立了以工人为主导力量的无产阶级政权——巴黎公社。

当时的梯也尔政府逃至凡尔赛宫，并在那里成立了资产阶级军队，简称凡尔赛军。他们通过勾结普鲁士军队反攻巴黎，经过双方激烈的战斗，巴黎公社最后的抵抗就在拉雪兹神父公墓的东南围墙处被彻底剿灭，并以147名公社战士在此被枪杀而宣告世界上第一个无产阶级政权的失败。

如今的巴黎公社墙早已抹去了昔日战争的创伤和烈士的鲜血。只有放在墙角处的一束束鲜花宣示着人们未曾抹去的记忆。今天的法国政府以自由、平等、博爱的建国理念治理国家，使整个社会繁荣、发达，现在的法国社会呈现着这样一种现象：政府怕人民、官员怕百姓、资本家怕工人、老板怕员工、警察怕小偷；人民在享受富足的物质生活的同时，也享受着高度的民主、自由。我想这与当时巴黎公社成员所为之奋斗的共产主义理想是不是更接近了？他们应该能够含笑九泉了。

在拉雪兹神父公墓东南部的97区埋葬着不少巴黎公社牺牲的战士，而我也在这个区内发现了法国共产党总书记乔治·马歇的陵墓，整个墓碑由暗红色大理石筑成，显得简洁而明快，体现出了这位法国共产党领导人波澜不惊的一生。他承认社会主义的多样性，主张放弃"无产阶级专政"和"马克思列宁主义"中的僵化条款，建立民主的、自治管理的、多元文化的、发扬法国自由和人权传统的社会主义。而且这种主张在当今法国社会得到了很好的实践，也算是对社会主义理论的一种贡献吧！

我一直在拉雪兹神父公墓95区的墓碑群中寻找一位我心目中英雄的陵墓，他就是《国际歌》歌词作者欧仁·鲍狄埃（Eugène Pottier）。欧仁·鲍狄埃也是巴黎公社的成员，不过幸运地逃过了凡尔赛军的追杀。他在巴黎公社失败后的第二天，凭着满腔激愤，写下了不朽之作《国际歌》；之后他流亡国外10年。在流亡期间他仍积极参加当地的工人运动，用手中的笔不懈地创作以纪念巴黎公社、揭露资本主义制度、反映无产阶级的苦难和斗争为题材的诗歌，宣传革命思想，鼓励全世界无产者团结起来奋勇斗争。他在1880年得到特赦后回到法国，仍然投身到无产阶级的解放运动中，并得到了广大人民的拥戴。

1887年11月6日，鲍狄埃在贫困中去世，巴黎的工人们把他的遗体送到拉雪兹神父墓地，他将与那些牺牲后长眠于此的巴黎公社战友为伴。那是一场没有宗教人士参加的无神论者的葬礼，据说当时葬礼现场无数工人群众挥舞象征革命的红旗，高呼"欧仁·鲍狄埃万岁！"而警察则大打出手，抢走红旗。今天，在他身后留下了一座伟大的精神丰碑，那就是唤起和激励全世界受压迫人民反抗意志的《国际歌》。

我在公墓入口处的名人墓指引牌中没有找到欧仁·鲍狄埃的名字，后来在95区的墓碑群中寻找了良久，也许是这位伟大的共产主义战士的陵墓太过朴实无华了，我竟然也一直没有找到。此时，天空开始阴沉，天空中盘旋的乌鸦凄厉地发出"啊、啊、啊"的惨叫，让人感觉毛骨悚然。我不得不返回了，我发誓下次一定还要来这里，一定要找到我心目中英雄的陵墓。

十三、追思我的"校友"居里夫人

进入1月下旬以来，由于新学年的开始，六大的学术活动开始多起来。这里面最让我感兴趣的，便是一系列"居里夫人获得诺贝尔奖化学100周年"的纪念活动。因为居里夫人生前学习和工作的巴黎大学所属院系现归在六大，所以六大也成为主办此次活动的主力军。第一场纪念大会于1月29日在原巴黎大学索邦圆形大礼堂（La Sorbonne）举行。

这次会议办得相当隆重，而且上升到了法国国家级的层面，现任波兰总统的夫人也出席了纪念会。由于上午的纪念大会均是由政府高官和科学界的泰斗出席，我们这等小人物无法参加。而下午的居里夫人追思会则需通过网上报名，并由组委会筛选后发出邀请函，然后凭此邀请函进入会场。

我是居里夫人的"粉丝"，当然不会错过这样的机会，于是通过网上报名，当然也打着六大学者的旗号，终于获得到出席的邀请函。29日下午，我乘RER至Clurry-La Sorbonne下车，步行约5分钟，就来到位于的Rue des Ecoles的索邦圆形大礼堂。在入口处递交了邀请函，获得一份会议日程表，还有一份刚发行的纪念居里夫人邮票。

居里夫人追思会于2：30开始，会议由已退休的原六大化学系主任主持，在主席台上就座的还有国际纯粹与应用化学联合会的主席Nicole Moreau、几位曾获得过诺贝尔奖的巴黎大学教授、居里夫人的孙子和孙女，还有居里夫人的学生及居里研究所的领导。纪念会主要探讨了居里夫人作为女科学家所发挥的超国界影响力和对全人类科学事业发展的贡献。因为有英文的同声翻译，我也能清楚地了解讨论的内容。其中我最感兴趣的还是大家共同回忆与居里夫人生前接触的一些细节，尤其是播放了许多珍贵的居里夫人工作、生活的照片，也使得我这个她的崇拜者能够真切地看到她的音容笑貌。

毋庸置疑，居里夫人是漂亮的，这是上帝赋予她的天然礼物。在展示的照片中，她头发微卷，在深凹的眼眶中，有着一双美丽的大眼睛，高高的额头，挺直的鼻梁和修长的身材。她仪态端庄，气质非凡，即使用现代人的眼光来看仍然称得上是一位"美女"。

我心中不由得感叹，其实她的一生本来完全可以像其他漂亮女孩一样，在赞赏和宠爱中轻松度过。然而，她对自己的认知却并没有止于"漂亮"这个层面上，而是对自己的天赋和聪慧充满了自信。她只身一人从波兰来到巴黎求学，在艰苦的生活条件下，以超乎常人的勤奋与努力，短短两年之内就获得了物理学和数学双学士学位，证实了这位美女确实拥有非凡的才华。

可以说居里夫人所取得的成就是伟大的，尤其作为一位女科学家,一生能够两次在不同学科领域获得诺贝尔奖,更是前无古人后无来者。在展示的有关居里夫人出席各种学术活动的照片中可以发现,那个年代的物理、化学界全是男性主导的世界,而出现在其中的居里夫人是唯一的女性,显得鹤立鸡群。这一切都是归功于她那天才般的智慧,加上所付出的超出常人的努力。

然而,居里夫人所具有的不仅仅只是天才的智商,更是她的人格品质。除了她坚定、刚毅,在事业上有着执著的追求的性格外,她的自尊、自信、自立、自强的意志和对待金钱和荣誉那份超凡脱俗的淡定,更令人敬佩。居里夫人一生获奖无数,然而,即使是当时科研经费紧张、生活艰难的情况下,她仍然把自己的一切都献给了科学事业,而不捞取任何个人私利。

在镭提炼成功以后,有人劝他们向政府申请专利权,垄断镭的制造以此发大财。居里夫人对此人说:"那是违背科学精神的,科学家的研究成果应该公开发表,别人要研制,不应受到任何限制;何况镭是对病人有好处的,我们不应当借此来谋利。"她对此事的处理方式是:她把她自己千辛万苦提炼出的价值100多万法郎的镭赠送给了研究癌症治疗的实验室,把所得的各种奖金分别赠给战争中的法国以及自己的祖国波兰,然后继续潜心投入到她心爱的研究工作中。

唯有探索和发现才是她的人生目的和乐趣,其余一切只是随工作而产出的"副产品"而已,它们在她心里不占位置。

著名物理学家爱因斯坦曾经对居里夫人作出这样的评价:她的

坚强、她意志的纯洁、她的律己之严、她的客观、她公正不阿的判断，所有这一切都难得地集中在一个人身上。她在任何时候都意识到自己是社会的公仆，她的极端谦虚，永远不给自满留下任何余地。由于社会的严酷和不公平，她的心情总是抑郁的。这就使得她具有那严肃的外貌，很容易使那些不接近她的人发生误解。这是一种无法用任何艺术气质来解脱的少见的严肃。一旦她认识到某一条道路是正确的，她就毫不妥协地并且极端顽强地坚持走下去。她一生中最伟大的科学功绩——证明放射性元素的存在，并把它们分离出来。之所以能取得成功，不仅是靠着大胆的直觉，而且也靠着在难以想象的极端困难情况下工作的热忱和顽强，这样的困难，在实验科学的历史中是罕见的。居里夫人的品德力量和热忱，哪怕只要有一小部分存在于欧洲的知识分子中间，欧洲就会面临一个比较光明的未来。

我们从今天的角度来看，这样的评价是极高的。

居里夫人对人类最重要的贡献，就是发现并提纯了"镭"这样一种自然界中的放射性物质。镭从存在的那一刻起，就自己不停地发光和放出射线。它会灼伤人体、能穿透黑纸而使胶片感光，它的存在是一个不停变化和付出的过程，是将自己的能量放射和传递出来的过程，最终衰变成其他元素。而居里夫人那才华横溢且拥有美丽容颜的一生，也恰如"镭"的衰变周期一样。当她在不停地付出的同时，她自己也在不断地取得科学成果、不断地获得荣誉和尊敬。然而在收获的同时，放射线也在侵蚀着她的身体，蚕食着她美丽健康的容颜,使得她逐渐变得眼花耳鸣,苍白乏力。

她从一个漂亮的姑娘变成了一个端庄的女科学家,继而变成病弱的老人,终于因长期受放射线的侵害而得了白血病。1934年7月4日,居里夫人病逝了。她把自己的生命贡献给自己所钟爱的放射学,那美丽而端庄的形象也就从此被定格在了科学史册上。

法国是一个非常注重历史的国家,这个国家中许多街道、广场、地铁站,都是以那些对人类和国家做出过突出贡献的著名人物的名字来命名的。在我每天去位于 Ivry-sur-Seine 的六大化学系上班的时候,所乘的地铁 7 号线都会经过一个车站,站台那用蓝色瓷砖镶嵌的墙壁上,用洁白端庄的字体书写着 Pierre et Marie Curie,那是一个用居里夫妇名字命名的地铁站。站名旁边的一个壁框里配着一段"地铁故事",其中用了不小的篇幅介绍了这对夫妇的生平和科学成就,还配有一幅放大了的照片。照片中的居里夫人一身黑衣,与丈夫皮埃尔·居里并肩而立。那美丽端庄的脸庞显出坚定且略带淡泊的神情,一双充满智慧的大眼睛凝视着前方,仿佛可以洞穿一切,甚至能看透未来。

这个车站将一直陪伴我完成余下近一年的留学工作和生活,让我每天面对居里夫人的名字和照片,激励自己自强、自立,勤奋工作,不畏艰难和失败、愈挫愈勇;同时也反省自己的行为,是否真正对得起一个科学家的良心。今天,我作为居里夫人的"校友"写下这个帖子,也算是对她的一点纪念吧!

十四、巴黎特色的新春佳节

不知不觉送走了旧历虎年,正当新春佳节来临之际,也是我们中国人应该全家团聚的时刻,我却身处遥远的巴黎。虽然在我的一生中屡屡有在异国他乡生活的经历,也一直抱有"青山处处埋忠骨,何须马革裹尸还"的信念,然而在这中国人民最重要的传统节日里,也难免会产生"独在异乡为异客、每逢佳节倍思亲"的感觉。

2月2日除夕那天是星期三,这对法国人来讲是再普通不过的一个工作日。虽然目前巴黎也居住了不少华人,却看不到任何过节的气氛,显然中国人在这里的影响力非常不够。我们实验室里中国人占了总人数的五分之一,应该算是少数族群中的多数派。

但在除夕这一天,大家照样像平日一样辛勤地工作。同组的越南博士生早早地离开,与他们的同胞欢度春节去了,而我们几个中国人仍然坚守岗位。这一天我正好进行一个合成实验,实验一直持续到晚上7点才结束。同实验室的法国人基本都下班了,本想去找其他几个中国人一起吃个饭,但发现他们手里的活儿还没有完,于是就先走了,到大学城食堂去吃我自己的年夜饭。

虽然大学城也有不少中国学生,但在食堂却没有任何关于中国春节的相关介绍。回想起一周前(即1月26日)是印度的国庆节，大学城主楼内到处都能看到有关印度的介绍图片及有印度国旗标识的宣传资料。大学城食堂内有一帮印度学生和一些印度裔老师身穿民族服装，搞了个展台，用投影仪播放印度的国庆阅兵录像和印度风格的音乐舞蹈，场面好不热闹。而且大学城食堂将这一天的伙食全部做成印度风味的。

在宣传自己国家和文化的角度来看，印度人比咱们中国人做得好多了。就这样，一份再普通不过的西餐成了我2011年除夕的年夜饭。

大年初一这一天，我们依然正常上班。我们几位中国人商量了一下，为了让全实验室的同事分享一下中国春节的气氛，大家决定凑钱去中餐馆买饺子请大家一起吃午餐。当法国人听说中国人自己出钱请大家吃午饭时，都觉得中国人太好了，这对法国人来讲是不可能发生的事。

我曾经参加过圣诞节前的实验室聚会，食物都是自己带来的。很多法国人都拿最便宜的食物来，红酒也都是1欧元左右一瓶的，简直难喝死了，以至于我发誓再也不喝法国红酒了。这次聚会虽然感觉饺子的量买得有点少，大家也只吃了个半饱，但都非常快乐，而且同事们也热情地向我们祝贺中国新年快乐。

不过，在聚餐过程中也发生了一个小插曲。正当大家吃在兴头上的时候，实验室里一位负责维修仪器设备的工程师突然对我们组的博士生小张说了一句"你们中国人是不是什么都吃啊？"幸亏小张法语讲得好，话也跟得上，立即对他进行了回击，告诉他"立即收起那种法国式的偏见，中国现在发展得比法国好，巴黎与北京、上海等大城市比起来，简直就是个农村！"虽然我不懂法语，但也能感觉得到当时那种尴尬的气氛，法国同事们也面面相觑。

说起法国人对中国人的偏见，真是由来已久，光这"什么都吃"的话题连我的导师Alian也同我提到过，我们只能耐心解释，并不是中国人什么都吃，只是在一些特定的地区才吃一些特有的东西。法国人特别不能认同中国人吃狗肉，我们只得向他们解释，我们吃的狗肉不是那种宠物狗，而是像猪和羊那样饲养的肉狗；况且吃狗肉也仅是中国个别地方或民族的习惯，并非全民吃狗肉。同样，中国人对法国人吃马肉和蜗牛也不理解啊！这样一讲也消除一些误会。

说实在的，在"中国人什么都吃"这个问题上，中国人自己也有责任，像广东人吃猫肉、猴脑，还有一些地方吃野生动物这样的事我就感觉特别不好。另外，目前在法国生活的大部分华人确实自身也存在很多问题。比如许多华人都是早年通过偷渡来法的，通过特赦取得合法身份后，大都经营餐馆。虽然不犯大法，但华人爱耍小聪明，偷税漏税、非法雇佣偷渡客的事屡见不鲜。

巴黎华人餐馆的脏乱差是出了名的，而且喜欢偷工减料，我就曾经在一家中餐饺子馆吃到过已变味的猪肉馅饺子。再加上法国的媒体添油加醋地一宣传，难怪法国人对中国人产生如此大的偏见。当然近些年来，通过正当途径来法求学、从事研究工作的中国人多起来，这些人素质都很高，也给在法华人的形象带来一股清新的力量。

我来法国虽然还不到两个月，但与法国人接触多了，对他们的习性也有了一些了解。

同组的小张来法快6年总结出一个与法国人相处的经验，那就是凡事要强势、都要据理力争，在办事过程中，当法国人找"茬"的时候，坚决顶回去，往往投降的是法国人，当然这要求很强的语言能力了。

最近就发生了这样一件事，因为我宿舍的床架在半空，每天爬上爬下非常不方便，于是便利用周六的时间让小张帮忙一起去大学城附近的旧货市场买了一张折叠床。当我们把床搬到东南亚宿舍楼门口时，被看门的非洲裔保安阻拦。死活不让我们搬进宿舍。一开始小张与保安用法语在争论，后来那保安看我不懂法语便用英语交流，说这里有规定，不准放私人家具。小张立即让他出示规定文本，他又拿不出这个规定。我们接着让他出示工作证，他不情愿地给我们看了证件，还继续阻拦，我们告诉他，他仅是个保安，没权力阻止我们将私人物品放到自己的私人空间。

一来二去，吵了快20分钟，那家伙终于妥协，让我们搬进去了，只是让我星期一要向管理人员报告一声。到了楼上小张才告诉我，那保安在看到我们搬床进来时，以为我要安插一个中国人与我同住在我的房间内。那保安还说这个床是典型的"Chinese bed"，暗示中国人尽搞这种事，真是个充满偏见的家伙！多亏小张了，如果不是他法语、英语都跟得上据理力争，我这床还真用不上了。不由得感叹自己的英语太差，吵不了这种架啊！正如很多留学生讲的那样，在法国的生活就像战斗，中国人永远要保持一位战士应有的斗志。

十五、巴黎博物馆参观记

转眼又到了 2 月份的第一个星期天，我当然不会错过这个博物馆免费开放日这样的好机会。

在此之前我早就做好了计划，早上出门后先乘地铁 4 号线在 Cité 站下车，直接去了位于西岱岛上的巴黎裁判所的附属监狱（Conciergerie）。这里在 13 世纪时曾经是巴黎的皇宫，后来皇宫搬迁到其他地方，这里改作王公大臣议事之地。其中主要职能与司法事务有关，这里至今仍然是法国最高法院所在地。当然，这里之所以出名还因为在法国大革命期间曾关押过路易十六王朝的一些王公大臣、贵族及一些犯人，这里成为他们走上断头台前人生的最后驿站。其中最著名的囚犯当属路易十六的皇后玛丽·安托瓦内特。而雅各宾派的首领之一的罗伯斯庇尔也在这里度过了他人生最后的时光。

巴黎裁判所的附属监狱是呈现典型的欧洲城堡式风格，从塞纳河畔远远地就能看到这座与众不同的建筑。进入附属监狱参观要从 Boulevard du Palais 一侧的小门进入，刚一进入就是一个巨型大厅。虽然这里空间非常大，但灯光昏暗，高高的穹顶笼罩在黑暗之中，令人能感觉到这里的阴森恐怖。

大厅中目前正在举行曾在巴黎裁判所拍摄的电影介绍展，大多数我都不熟悉，其中只有《基督山恩仇记》我曾看过，但场景都记不起来了。继续深入，沿楼梯上到二层，便是当年关押犯人的地方。一些牢房内布置了当年的陈设，有些还放了几具假人做道具。

关押玛丽·安托瓦内特的地方在地下一层，里面专门制作了一个头戴纱巾、背对大家的假人坐在阴暗的灯影中，看了有点吓人。关押罗伯斯庇尔的地方就在旁边，但没有开放。在二层有个房间专门展示了一个在法国大革命期间从这里被送上断台的人员名单，看了一下大约有二千七百多人。他们中有王室成员、贵族，也有知识分子和学者，更多的是无辜者，他们都是因为反对革命、妄图复辟而被判死刑。其中针对玛丽·安托瓦内特的死刑判决直到现在都有争议，当年为了给她罗织罪名，甚至将她与8岁儿子通奸的罪名都用上了。

这真应了那句话：革命不是请客吃饭，是你死我活的血淋淋斗争。

在巴黎裁判所的建筑群中还有一个重要景点，即圣沙佩勒教堂（Ste. Chapelle）。这里 Chapelle 一词的含义是附属教堂，其地位比 Church 还低，原是西岱皇宫的附属教堂。这座教堂建于13世纪路易九世统治法国时期，而建造的目的是用来供奉耶稣受难时的圣物。

原来，路易九世为了提高法国的国家地位，从罗马帝国购买了属于君士坦丁大帝的22件耶稣受难圣物，其中最珍贵的便是耶稣受难用的十字架残片和荆棘冠。看过电影《耶稣受难记》的朋友一定还记得这样一个场景,当耶稣被罗马执政官判处十字架刑之前,罗马士兵对他进行了一系列酷刑折磨。因为耶稣常对人讲他是以色列历史上著名君主大卫王之子,因此,罗马士兵将一个带满刺的荆棘冠戏称为王冠戴在耶稣头上,将他扎得满头鲜血淋漓。所以这顶荆棘冠是一件非常重要的圣物。据说当年购买这些圣物的花费远远高于建造教堂的费用。

圣沙佩勒教堂就在高等法院大门右侧不远,进入前要经过严格的安检,估计是这里与国家最高法院共用一个大院的缘故。教堂是典型的哥特式风格,规模不大,分上下两层,下层没有什么特别之处。从一个小楼梯上到二层,眼前突然豁然开朗。原来二层四周墙面上布满了彩绘玻璃,描述了从《创世纪》到《启示录》的全套圣经故事,这是非常珍贵的历史文物。

支撑教堂的12根石柱上分别雕刻着耶稣12门徒的雕像,简直是栩栩如生。教堂正中圣坛上方是用来供奉耶稣受难圣物的大圣龛,就是一个精致小亭子。现在的圣龛空空如也,因为这些圣物大多数在法国大革命期间被反宗教人士给毁了,剩下的目前都存放在巴黎圣母院的地下珍宝库内,万幸的是那顶荆棘冠还在。

离开圣沙佩勒教堂后我去了荣军院,乘地铁13号线在Invalides站下车即到。荣军院是"荣誉军人院"的简称,路易十四为安置战争中的法国伤兵于1670年建造。用他的话来讲,就是"将那些用生命和鲜血来保卫他们君王的将士们安置到这里,让他们在安静祥和的环境中度过他们的余生"。这里之所以成为重要的景点，是因为拿破仑的棺椁安放在荣军院中央的金顶教堂内。要进入那座安奉拿破仑棺椁的教堂需要买8欧元的门票，本来想趁免费开放日进去一睹原貌，可发现这里不免票，于是放弃进入。

与荣军院一街之隔的还有一座著名的博物馆——罗丹博物馆。弗朗索瓦·奥古斯特·雷诺·罗丹是十九世纪末至二十世纪初法国最伟大的雕塑家。如果大家看过意大利的雕塑一定会吃惊于其精美细致的艺术表现力；而罗丹的艺术作品则完全突破了这种传统的学院派风格，可以说罗丹开创了一个雕塑艺术的新时代。

我对罗丹的了解也仅限于他那著名的雕塑作品《思想者》。正好借着博物馆免票的机会可以亲眼目睹一下该作品。罗丹博物馆设在一座精致的洛可可式二层小楼内，罗丹生前就一直住在此处。去世后，他的所有雕塑作品全部捐献给了国家。这里据称有6万多件雕塑作品，如果一件件看下来真的非常费时费力。

罗丹博物馆的精彩之处在于其室外的一个美不胜收的花园。花园内的林间草地上错落有致地安放着许多罗丹的雕塑作品，其中著名的雕塑作品《思想者》、《地狱之门》和《巴尔扎克像》就在其中。在这里参观能够令人感受到有别于室内展览所得不到的艺术氛围，更加贴近艺术的真谛。

《思想者》的表现力确实令人感到震撼，据说这是罗丹所想象的但丁（《神曲》的作者）在地狱门口向地狱审视的形象。《巴尔扎克像》的全身塑像也是惟妙惟肖，尤其是巴尔扎克那泰然自若的神情令人感受深刻。因为我对雕塑艺术知识肤浅,也只是仔细看了几件著名的作品,其他的都一带而过了。

离开罗丹博物馆时,我看时间还早,便决定再去奥赛博物馆参观。RER 的 C 线在奥赛博物馆专门设有一站。奥赛博物馆位于塞纳河畔,与卢浮宫博物馆隔岸相望。该处风景优雅、地理位置极佳。奥赛博物馆是由原来巴黎的一个火车站改造而成,专门用于展示 1848 年至 1914 年间绘画艺术作品。这一时期正是以印象派为代表的绘画艺术到达世界艺术巅峰的时期,出了很多世界级的绘画大师;而奥赛博物馆的展品基本囊括了他们的重要作品,所以奥赛博物馆也被称为欧洲最美的博物馆。正因为如此,这里经常门庭若市,即使在平日参观的人群都要在外面排队。

当我到达到奥赛博物馆时,这里早已排了长长的队伍,我只得跟着排队等候。虽然等待过程令人烦恼,不过能仔细看一看奥赛博物馆门口的梵高自画像也很不错。等了一个多小时终于进入了博物馆。馆内不得拍照,而且要经过严格的安检。想一想这里收藏的都是价值连城的珍贵油画,这些措施也都是应该的。

奥赛博物馆共分三层,其中油画作品主要集中在地上一层和地下一层,第二层展室则展示了一些珍宝收藏品和一部分不太知名的绘画。刚进一层大厅的左侧,即是梵高作品的展厅,令人惊叹的是在一个小小的空间内竟集中了 20 多幅梵高的油画,要知道每一幅如果拍卖的话都要在千万欧元以上。不过除了他的自画像外,其他作品包括那幅著名的《阿尔的教堂》都是采用简单的粗线条来表现，感觉就像是小学生画的。

从整体来看，奥赛博物馆展出的绘画作品与卢浮宫里那浩如烟海的鸿篇巨作相比，更富有平民的气息。卢浮宫里所展示的油画通常以波澜壮阔的历史事件、传说，以及严肃的宗教题材为主题，表现手法细腻，而且往往都是大手笔的巨型画作。而奥赛博物馆则是以印象派与后印象派的绘画占据了整个展览空间。

印象派及后印象派绘画艺术的出现正值启蒙运动时期；当思想解放释放了人们内心潜抑已久的人性呼唤，神圣和卑微的界限被打破了，印象派艺术家也远离了学院派以严谨精致著称的画室，开始投身到色彩斑斓、瞬息万变的户外寻找灵感。因此，人们在奥赛博物馆参观这些作品的时候，简直就是一场视觉的盛宴。平民化和更贴近生活的题材，使人们对大自然幽微的光影变化而感到激动不已，生命的瞬间更值得记录：幽蓝的湖水湛蓝的天，金色夕阳下的红色草垛，午后林间秋千架摇曳的点点光斑，舞会上隔着攒动的肩膀飘过去一个若有若无的眼波，一朵垂死的牡丹，一张怅然若失的脸……在这里人们最大的感受便是：美，被归还给了生活。

虽然奥赛博物馆的绘画作品精彩绝伦，但要每一幅都仔细观赏确实有些吃不消。我在此只向大家介绍一些具有代表性的作品。梵高的油画应该是奥赛博物馆的镇馆之宝，在博物馆门口专门树立了两幅巨大的油画复制品来推介奥赛博物馆的收藏品，其中一幅便是梵高的《自画像》，别一幅则是雷诺阿的《加莱特的磨房之舞》。那幅《自画像》的原作就在梵高的专门展室内，梵高的《自画像》画得非常逼真，而且有好几幅呢，不过一看他就像个疯子。他的其他作品都是以乡村、田原、农舍、花卉为题材，线条粗放，直觉上就像小学生画的一样。

保罗·塞尚的作品展室在梵高与展室相连，其值得欣赏的作品主要是一些以水果、鲜花为主题的静物画，还有一些风景画。塞尚是"后印象派三杰"之一，有现代绘画之父的美誉。保罗·高更是与梵高和塞尚并称"后印象派三杰"的著名绘画大师，这里所展出的作品以人物为主，其中的《两个塔希提妇女》堪称艺术杰作。

作为印象派代表人物和创始人之一，法国绘画大师克劳德·莫奈的作品在奥赛博物馆更是占据了一个重要的展区，所展示的作品大都以粗线条来表现大自然中的田园、河流等风光，其中的《日出·印象》是传世佳作，我觉得这里展出的他的每一幅作品都值得仔细欣赏。

而埃德加·德加的作品大多以人物画为主，值得推荐的作品有《蓝色的舞女》和《贝雷利一家》。其他的名作还有皮耶尔·奥古斯特·雷诺阿的《加莱特磨坊的舞会》、让·弗朗索瓦·米勒的《拾穗者》、阿道夫·威廉·布格霍的《但丁与维吉尔在地狱中》等都是值得去细心观赏。

此外，在地下一层的右侧展厅中，爱德华·马奈的作品中有两幅作品很值得仔细欣赏，一幅是《草地上的午餐》，另一幅是《奥林匹亚》；两幅都是以裸女为主题，画风鲜亮明快，给人耳目一新的感觉。

另一幅值得大力推荐的名画是让·奥古斯特·多米尼克·安格尔的《泉》。这是一幅让人一见倾心的名画，画面描绘了一位赤身裸体的少女肩托一个水罐站在泉水边的情景。这幅画将古典美与女性人体美巧妙地结合在一起，出色地表现了少女的天真和青春活力，简直可以说是不朽名作。即使不懂得绘画艺术的人，也会被这幅作品深深感染。据说法国绘画大师安格尔用了26年时间，直到76岁时才完成这幅作品。

在奥赛博物馆地下一层尽头的墙壁上有一幅很小的绘画作品，是一个女人赤裸下身的局部特写，画得非常逼真，清晰得几乎像照片一样。旁边还贴着一张布告，上面仅写着"卢浮宫拒绝收藏该作品"，也没有其他什么特别的说明。当时我看了之后也感觉诧异，不能理解为什么这里会摆放这样一幅"黄色"画作。

回到宿舍后在网上一查才知道，原来这是由法国近代写实派巨匠古斯塔夫·库尔贝的名品《创世纪》，该作品暗示着人类的世纪就是从女人的这个部位创造出来的。

由于奥赛博物馆内不允许参观者照相，因此不能将我所看到的世界名画通过照片来向大家作详细介绍，感觉非常遗憾。不过通过我的在网上的仔细搜索，上面所提到的名画照片均已找到，将会在后面向大家一一展示说明。

十六、平凡的巴黎生活

记得写上一篇手记已经是上个月的事了。转眼之间一个月过去了，法国的天气一会儿晴空万里，一会儿淫雨霏霏，一会儿温暖如春，一会儿又阴冷刺骨，真让人琢磨不定。看来残冬尚未结束，巴黎春天的样子在我心里仍然显得非常模糊。

这一个月来我忙碌不堪，一天到晚除了做实验以外，就是趴在电脑前码字。在为今年将要毕业的几位学生连写了三篇英文论文后，又忙于撰写《国家自然科学基金》的申请书。其实每年到了这个时节都是全国科技工作者最忙碌的时候，因为能否申请到《国家自然科学基金》是证明自己是否已成为具有独立科研工作能力的象征。当然，今年国家自然科学基金委将资助强度大幅增加到平均每项60万元，所以吸引力更强，竞争也将更激烈。

首先汇报一下我这一个月的情况。我在2月25日终于拿到了居留证的Récépossé，也就是法国政府发的居留证办理正式收据，这可是我的临时身份证明文件。

此前我是一个地道的"黑人"，因为我的签证早已过期，又没有其他证明合法居留的文件。如果我在大街上被警察查证件的话，非得被遣送回国不可。不过还要再等两个月才能拿到正式的居留证，我真是服了法国人的办事效率了。

在巴黎的生活条件也在不断改善之中，现在已经结束了天天晚上吃方便面的情形了。我从超市买了平底炒锅等炒菜用具，橄榄油、盐等调料，不时能做上一顿我最爱吃的西红柿鸡蛋拌面了。下一步就是去买个电饭煲，能够像在国内一样吃上米饭，想一下都感觉好幸福啊！天天吃法式西餐可真把我给整惨了！另外我花了25欧元从旧货市场买了一张旧折叠床，再也不用像猴子一样每天爬我的高架床了。不过由于房间太小，放了旧折叠床之后，房间里便再也没有活动空间了。

因为连续一个月的时间都一直在写文章和自然基金申请书，到了周末也没有外出。只是在正月十五的第二天，去使馆教育处参加了一次官方组织的庆元宵节联欢活动，大家一起包了饺子，还开了联欢会。教育处各位领导向我们这些公派生表达了节日的慰问。

应该说，我在使馆教育处度过了一个愉快的夜晚，感受到了来自祖国的关怀。目前在法国还有更多的自费生，他们比我们更加努力，而且还多了一份生活的艰辛。在完成自己学业的同时，还不得不为生活而奔波，他们同样也需要来自祖国的关怀。

在这一个月里也有一件让我十分兴奋的事。那就是我的一位在高中时代关系非常不错的女同学来法国旅游，我们相约在巴黎见了一面。那天晚上我下班后，花了近两个小时才赶到她所住的宾馆，这是我们分别20年之后的再次相逢。

见面之际,发现对方在自己心中的音容笑貌一点都没有改变,仿佛又回到了青春年少的高中时代。那天,我们在巴黎街边的一家小餐馆里畅叙昔日的友情,倾诉离别后的人生经历。弹指间人已步入中年,再也没有年轻时的意气风发,却多了成熟稳健的气度;不变的却是满怀对当年共度美好时光的追忆。这便是所谓"他乡遇故知"的感念吧!

第四章

法国美食记

十七、法国葡萄酒小记

在法国住久了,我发现法国人的日常生活离不开两样东西,一是葡萄酒,另一个是奶酪,这也是最能体现法兰西饮食文化精髓的两样东西。既然已经成为一种文化,那了解起来还真的需要一个过程。

记得我刚来法国时,走进一家小超市,便发现货架上葡萄酒不仅品种多,而且价格相当便宜,通常只要1欧多就能买上一瓶包装精致的品牌葡萄酒。还没来得及自己买上一瓶品尝一下,就赶上了实验室的圣诞节大聚餐,我就首选买了一瓶1.6欧的葡萄酒带到聚会上。这时见到很多同事也是带了葡萄酒。

等开吃之后,我先倒上一杯真正的法国葡萄酒品尝起来。等把酒放到嘴里后,发现怎么喝怎么不是滋味。连尝了几种葡萄酒,酸涩的感觉简直让我龇牙咧嘴。太难喝了,这就是我对法国红酒的第一印象,我甚至发誓在法期间再也不喝葡萄酒了。等后来在蒙彼利埃同事的家中再次喝到法国葡萄酒时,发觉那味道简直不可同日而语,柔和醇香,喝上一口简直让人神清气爽。

再后来,与有喝酒经验的同事一聊才知道,原来法国葡萄酒也分很多等级，上次聚会时，法国人都是大抠门，全带的是1欧多的葡萄酒，那酒自然没法儿喝。要想喝到味道不错的酒，至少两欧起。原来这法国红酒是一分钱一分货，我之前喝到的酒都是法国"贫苦百姓"喝的啊。

真正见识法国葡萄众多品牌是从欧尚超市开始，那里面的各类葡萄酒从红的、桃红的，到白的应有尽有，真可谓琳琅满目。于是，我也开始真正味尝起各种法国葡萄酒来。当然先是从2欧的酒开始，更贵的则买小瓶装的；遇到好喝的，就买5升大包装的。

就这样我也成为了法国葡萄酒的喜爱者了。同时我也渐渐开始了解了一些法国葡萄酒的相关知识，原来，法国葡萄酒里面的学问还深呢！一个小小的法国，所产的葡萄酒品种实在太多了，据说有好几百种。在如此繁多的品牌中，如何能喝到价格适中、味道纯正的葡萄酒，首先要了解法国葡萄酒的分类。

法国之所以能够取得世界第一葡萄酒生产大国的地位，正因为它在世界上最早通过对葡萄酒进行正式的分级、建立了原产地控制命名系统、并制定了严格的关于葡萄酒制作和生产的法律；因而树立了法国葡萄酒的品牌，保证了法国葡萄酒的品质，进而对法国葡萄酒在全球的流行奠定了基础。按相关法律规定，法国的葡萄酒共分为以下四级：

第一级也是最高级，是"原产地法定区域管制餐酒"，在中国简称为"法定产区餐酒"，法文称为"Appellation d'Origine Contrôlée"，这个级别的葡萄酒只能采用指定产区内种植的葡萄酿制，绝对不可以和其他产区的葡萄汁勾兑，以保证酒的品质和地区风格。这种酒的酒瓶上都会标识"Appellation +产区名+ Contrôlée"的字样。目前咱们国内卖的葡萄酒通常都是此类酒的分装产品。

第二级为"优良地区餐酒"，法文称为"Vin Délimite de Qualité Supérieure"。这是第三级的"地区餐酒"向第一级的"原产地法定区域管制餐酒"过渡的必经阶段。该级酒只能采用指定产区内种植的葡萄酿制。如果在"优良地区餐酒"时期酒质表现良好，则会升级为第一级"原产地法定区域管制餐酒"。这类葡萄酒的酒瓶标签上会标识"Appellation +产区名+ Vin Délimite de Qualité Supérieure"的字样。

第三级为"地区餐酒"，法文称为"Vin de Pays"。第四级的"日常餐酒"中最好的酒可被升级为"地区餐酒"。这种酒瓶上可以标明产区，其中采用的葡萄虽然仅限于该产区内种植的，但不限制葡萄品种。酒瓶上会标识"Vin de Pays +产区名"的字样。另外很重要的一点，法国绝大部分的地区餐酒产自南部地中海沿岸。

第四级即"日常餐酒"，即法国最低档的葡萄酒，价格很便宜，这种酒在咱们国内市场上很少见，主要供法国人日常饮用。我估计我喝的那最难喝的1欧多的酒就是这种酒。该酒可以采用来自欧共体国家不同地区的葡萄汁勾兑而成，如果葡萄汁限于法国各产区，可称为法国日常餐酒。酒瓶上会标识"Vin de Table de +国家"的字样。

因此，看了以上分类，如果想喝好酒，买酒的时候就要注意酒瓶上的标识，争取买第一级的葡萄酒。当然第一级的葡萄酒也并不太贵，在超市里一般2欧多就可买到。

一开始我还不太懂葡萄酒分类时，花了7欧多买了5升大包装的 Vin de Table d'Italy，就是用意大利葡萄汁勾兑的日常餐酒。那酒真的好难喝啊，这么大的量，让我花了好长时间、捏着鼻子才喝完；后来每次买酒时就注意酒的级别了。

当然，在第一个级别的葡萄酒里，还能细分出高低。以法国最有名的葡萄酒产区波尔多（Bordeaux）地区为例，别以为只要是波尔多产的葡萄酒都好，里面还能细分出很多级别。

在波尔多大产区下面可细分为梅多克（Medoc）、格拉芙（Grave）等多个次产区；而梅多克次产区内部又有很多村庄，如 Margaux 村庄等；Margaux 村庄内又包含几个城堡（法文 Château），如著名的拉斐堡（Château de Lafite-Rochschild），酒的品质各有不同。因此，如果大家看到酒瓶上有"Appellation Château de XXX Contrôlée"，即"XXX 酒庄酒"，那这个葡萄酒应该是第一级酒中最好的葡萄酒了。

法国除了著名的波尔多葡萄酒产区外，罗纳河谷（Rhône Valley）、勃艮第（Burgundy）、香槟区（Champagne）、薄若莱（Beaujolais）、卢瓦河谷（Loire Valley）、阿尔萨斯（Alsace）、西南产区（South-West）、普罗旺斯（Provence）等也都非常有名。

因为波尔多葡萄酒太有名了，价格也贵。所以如果大家不要只认波尔多的葡萄酒，同样级别的酒在其他产区可能要便宜得多，而且味道也相当不错。我最近喝了罗纳产区的酒（Appellation Côtes du Rhône Contrôlée），发现味道非常不错，一瓶也就 2.6 欧元，合人民币也就 24 元。后来花 15 欧买了个 5 升装的大包装酒，现在一直喝着呢！

葡萄酒什么叫好喝，什么叫不好喝？这个标准因人而异。总的说来，葡萄酒越紧涩，说明葡萄酒的有效成分"单宁"含量越高，酒的质量就越高。如果味道发酸说明葡萄酒的质量较差，发酵过程存在问题。当然，葡萄酒的味道也与酿造所用的葡萄品种有关。以波尔多专区最主要的葡萄品种"赤霞珠"为例，这是大家所熟悉的品种，用这种葡萄酿造的葡萄酒的味道就特别紧涩、特别厚重；而用另一个品种"美露"酿造的葡萄酒就柔和多了。因此，在酿酒的过程中通常是将两个品种的葡萄混合在一起酿造，以便将口味调配得温和一些。产区不同，所使用的葡萄品种也各不相同。

我目前在喝的 Côtes du Rhône 罗纳河谷葡萄酒是由"歌海娜（Grenache）"品种来酿造的，呈深红宝石色。这种酒味道偏紧涩，喝在嘴里感觉非常厚重，咽下去后，嘴里还有一种青椒、胡椒和麝香混合在一起的味道，让人感觉五味杂沉、回味无穷的感觉。品酒如品人生，这话现在体会起来一点都不假。

看来法国的葡萄酒文化实在太深了，我得像品酒一样慢慢去品味啊！我有一个愿望，在我完成一年学业，离开法国的时候，我一定要喝下 100 升的法国葡萄酒。目前已经喝了 15 升，看来要完成这个目标我得加把劲。

十八、游凡尔赛宫札记

3月初的巴黎，依然春寒料峭，正值此时却又迎来了每月第一个星期天的博物馆免费开放日。因为得知巴黎著名景点凡尔赛宫仅在每年11月至第二年3月这段时间内的每月第一个星期天免票，其他时间段内则均不能免票。为了省去那26欧元的门票钱，我不得不决定在这样一个寒冷的日子里前往凡尔赛宫去参观。

清晨，我乘坐T3路有轨电车至终点Pont du Garigliano，然后换乘RER的C线。因为凡尔赛宫位于巴黎市区外，位于公交线路4区内，超出了我月票的有效范围，因此我不得不另行购票。为了省些钱，我耍了个小聪明，决定先用月票乘RER到2区的最后一站，然后再下来重新购票。

就是这个决定让我受了大罪。巴黎的清晨非常寒冷，当我在2区最后一站Issy下车后，在站台外的自动售票机上花1.65欧元买好车票，这样要比我在最初的车站买票省了1.4欧元。可是，我发现RER的C线车次非常少，要半小时一班车，于是我足足等了半个小时，才乘上开往凡尔赛宫方向的列车。上车之后一看，这趟满载的列车都是去凡尔赛宫的旅游者，看来大家都想利用这个免费机会，可以想象今天的凡尔赛宫将是何等的拥挤了。

列车驶约 15 分钟便到了终点站 Versailles-Rive Gauche。随着拥挤的人流走出了车站，沿指示牌的箭头过马路、步行约 5 分钟，便到达了举世闻名的凡尔赛宫。眼前的凡尔赛宫果然气势非凡，那是一座香槟色的大型建筑；与我们中国人想象的宫殿不一样，欧洲的所谓宫殿在我们看来，其外观就是一栋建筑大厦而已。

凡尔赛宫的主体建筑是典型的古典主义风格，分左、中、右三个部分，中间围成一个巨大的庭院，地上铺着豪华的大理石。整个建筑左右对称，造型轮廓整齐、庄重雄伟，被称为理性美的代表。凡尔赛宫主体建筑的外观非常雄伟，而且显得层次错落有致。建筑物的屋檐和外表墙面上布满了精美的雕塑，都是古希腊神话中的天使形象；四周的金属围栏上也镀着金色，上面镶嵌着皇室纹章，尽显皇家气派。

不过，在我到达宫殿入口时，这里早已经排起了长龙。好在队伍行进得很快，约半个多小时，通过了大门的安检，便进入了宫殿主体建筑围成的那个大理石庭院。从建筑物右翼的一个大门进入到宫殿内部，免费领了中文电子语音导览器和导游图，就开始了正式参观行程。

凡尔赛宫的定位相当于北京的颐和园，是皇家夏宫；不过法国人并不称其为宫，而称为凡尔赛城堡（Château de Versailles）。凡尔赛宫的历史并不长，建筑年代与故宫相仿，于 17 世纪中叶由当时的法国皇帝路易十四主持建造。其实这里前后只服务了三代皇帝，历时共107年，就遇上法国大革命，结束了封建帝王王权统治。虽然后来几经短暂的复辟，但国家最终是以共和的形式延续，凡尔赛宫也结束了它的历史使命。不过，这里却见证了无数个关键的历史时刻，并成为重要历史事件的发生地。

这次参观凡尔赛宫前，我已经做足了功课，而且穿着以轻便为主。因为有了上次参观卢浮宫的经验，我算是领教了法国宫殿的宏大规模了，走下来非累个半死。跟着参观的人群，经过一道两侧立满皇室成员雕塑的长廊后，便是参观的第一个景点——宫殿附属教堂。不过只能在门口看一眼教堂正中那金碧辉煌的圣坛，果然华丽得不同凡响；然后沿楼梯上到二层。

二层的所有房间都是皇帝办公或社交的场所，每个房间都采用希腊神话中的神灵名字来命名。听着电子语音导览器的讲解，我进入第一个房间，这个房间以希腊神话中的大力神"海格里斯"命名。这里最令人震惊的不是豪华的陈设，而是布满整个天花板那惟妙惟肖的油画。屋子的四角用各种精美曲线修饰，据说这种装饰风格为欧洲皇家宫殿最喜欢使用的"洛可可式"风格。

在屋内豪华的壁炉上方，悬挂着一幅出自维罗内塞之手的不朽巨作——《西蒙家的晚宴》，这是一幅以基督教故事为题材的油画；屋中央摆放着一张镂空木雕座椅，据说这是路易十四最喜爱的礼物。继续深入，穿过一道门便来到了"丰收厅"。丰收厅内的陈设主要以人物肖像画为主，画的全是路易家族成员；这间屋子是作为路易十四的古玩陈列室之用的。

再往里走便到了"维纳斯厅"，只见屋子的天花板上呈现出一幅色彩艳丽、以希腊神话中的维纳斯为主题的油画。房间装潢也比前几间豪华，屋中摆放着几把红色镶金的"龙椅"，屋内还有几尊路易十四的全身雕塑像。再往里是"狄安娜厅"，屋内的天花板上和墙壁上同样也是被各种油画所装饰，题材广泛，精美绝伦，令人叹为观止。这曾是路易十四打台球的地方，据说他是一位台球高手。

然后便是"战神厅"，陈设大同小异，但里面的油画值得仔细观看。在接下来"墨丘利厅"终于使我眼前一亮，只见屋中间摆放着一张用金色帏幔和银色锦缎装饰的大床，豪华至极。大床用银质栏杆隔离，栏杆上还有八个银制大烛台，终于给这些死气沉沉的屋子增添了一些生活的气息。这里曾经是路易十四的小儿子安茹公爵居住的地方。

再往下便到了"阿波罗厅"，这间屋子之所以用希腊神话中的太阳神来命名，是因为路易十四自诩为"太阳王"，这里是他最喜欢待的地方，也是王公大臣、外国使节，甚至普通法国民众觐见他的地方。屋内的装饰以红色调为主，墙壁上挂着一幅路易十四的巨大全身画像，屋子正中则摆放一把巨大的红色镶金御座。

再往下走便是"战争厅"，这里的油画均是军事题材，主要表现了路易十四征服欧洲各国的画面。在一个安放壁炉的壁上，还有一幅路易十四骑马的汉白玉雕塑，非常鲜活逼真。屋中还摆放着一个由村上隆设计的、形状特别的座椅，象征日本在原子弹爆炸后人体扭曲变形的样子。

穿过"战争厅",便到了凡尔赛宫最著名的大厅——"镜厅"。顾名思义,这个大厅得名于它的一面墙上镶嵌 400 面大镜子,要知道那个年代水银镜子可是稀罕物。与镜子相对的是一排巨大的落地窗,外面正对着凡尔赛宫巨大的后花园。

"镜厅"与其说是大厅,还不如说是长廊,整个大厅足足有 76 米。"镜厅"在当时主要是举行宫廷舞会和国王会见各国使节的地方。装饰的考究、豪华自然不必说,光是吊在天花板上的那 24 盏巨大的波希米亚式水晶吊灯就足以让人叹为观止。整个大厅更是一片金碧辉煌,穹顶上的绘画描述路易十四执政期间大事记,如同一幅历史画卷。厅内还有不少工艺品陈列物,值得仔细欣赏。

这座"镜厅"曾经见证过许多历史事件,如一战结束后的《凡尔赛和约》就是在这里签订的。我们中国人不会忘记,在这个帝国主义瓜分世界的和约中,将德国所霸占的青岛转让给了日本。后来爆发的"五·四"运动也是针对此和约而来。

"镜厅"内有几扇大门直通被称为"国王套房"的皇帝卧室、起居室和接待室。寝室内安放着金红织锦大床和金黄色绣花顶篷,非常的雍容华贵。不远处是餐厅,昔日的纯银餐具仍然摆放在餐桌上,在灯光的照射下,闪闪发光。紧挨着国王套房的是皇后套房,同样装修得华丽无比。其中保留了路易十六的皇后玛丽·安托瓦内特居住时期的陈设,靠墙的一个壁柜上还摆放着一尊玛丽·安托瓦内特的白色雕像。这是我第二次见到这位被送上断头台的皇后的面容,上一次还是在巴黎裁判所的附属监狱里见到的。

不过从这尊雕塑来看，玛丽·安托瓦内特的形象显得格外美丽、端庄。然而在卧室、餐厅，还是周边的几间会客室里，最令人印象深刻的还是挂在墙壁上的大量油画，不管是人物肖像，还是反映历史事件或是宗教题材的绘画作品，都是那么精致、细腻和鲜亮，显示出法国学院派宫廷画师高超的水平。

这里最值得一提的画家是夏尔·勒布伦，他是路易十四最忠实的追随者，他的绘画题材以历史事件、人物肖像和宗教故事为主，体现了古典主义美学的富丽堂皇，凡尔赛宫里大多数油画都出自这位学院派宫廷画师之手。不过，在皇后套房旁边的卫兵室内，我又见到了达维特的《皇帝的加冕礼》这幅油画，不是在卢浮宫里就有一幅同样的吗？难道是赝品？真把我给搞糊涂了。

离开皇后套房，周围还有一个战争画廊可以看一下，里面展出了众多以拿破仑时代战争为主题的绘画作品。然后沿楼梯下到一层，经过一个长廊便到了王子、公主和各位亲王居住的地方。虽然陈设依然奢华考究，但与国王和王后套房相比，豪华程度则差了一大截，不过却更显温馨亲切。

一圈转下来，我突然发现了一个奇特的现象，整个凡尔赛宫里居然没有看到一间厕所和洗浴室。不知是当年路易十四建造时疏忽了，还是其他什么原因就不得而知了。据说当年王子、公主居住在这里时都感到极不方便，有时半夜起夜不得不往壁炉里小便；到了夏天，因无处洗澡，弄得满身臭烘烘的。听说路易十四每年也只洗一次澡，不知是真是假。这位皇帝的轶事很多，他还是位天生的服装设计天才，长筒丝袜和高跟鞋就是由他发明的，不过这在当时都是贵族男性的标准穿着。难怪在刚才参观阿波罗厅里看到的路易十四肖像画，感觉他的那身穿着怪怪的。

离开凡尔赛宫主体建筑，在出口处交还了电子语音导览器，便进入了后花园。说起凡尔赛宫花园，可堪称西方园林艺术的经典之作。与中国园林那小桥流水、蜿蜒曲折、贴近自然的风格不同，法兰西园林风格的最大特点是宏伟壮丽、布局规整、雕琢得细致入微，又不失绚丽多彩，这里绝对是法兰西文化艺术登峰造极之典范。

贝尔赛宫主建筑前是一座巨大的海神喷泉水池，可此时池水已见底，四周的青铜雕塑也显得十分突兀。沿台阶向下，是一条长1.6公里的十字形人工大运河。两侧有无数个花坛和带喷泉的水池，四周被修理得极规整的绿地所包围。可惜现在是早春时节，万物尚未复苏，虽然草地已经泛绿，但周围仍然是一片肃杀。可以想见，当春暖花开之际，这里繁花似锦的景象一定非常赏心悦目，充满视觉美感，令人流连忘返。届时我也一定会再次光临。我在水边的草坪上小坐，欣赏了一会儿在水中游荡的几只天鹅，便离开了。

回到巴黎市区，看时间还早，便乘这个免费日的机会又去了位于协和广场附近的橘园博物馆（Musée de L'Orangerie）。橘园博物馆因收藏了印象派大师克劳德·莫奈的八幅名为《睡莲》的名画而闻名遐迩，这座博物馆就位于协和广场附旁边的杜乐丽公园内的一栋非常普通的小楼内。当我到达时这里竟然还排着长队，在外面等了半个多小时才进入。幸运的是，这里允许拍照，因此我有机会将里面印象派大师的绘画展示给大家。

《睡莲》单独陈列在博物馆一层的一个圆形大厅内。里面灯光朦胧，大师的巨作围绕圆形墙面，整整挂满了一圈。大厅正中有几张长椅，坐下来细细品味是最佳的选择。其实我并不懂得绘画艺术，但可以看出，这几幅《睡莲》是在同一场景下，不同时间、不同季节、不同天气、不同光线下所表现出来的景象。其中有清晨、正午、黄昏下睡莲的景致，还有春、夏、秋、冬时节的情景，在这光影交织之间，将睡莲的不同风姿表现得淋漓尽致。

从这几幅同一题材的绘画作品中，可以充分展示出这位印象派代表画家对景物观察细致入微、对光线的变化异常敏锐的观察能力。据说莫奈花了12年的时间才完成这几幅画作。在这12年期间，他每天花大量时间来观察位于家门对面池塘中的睡莲，正是他孜孜不倦的观察，成就了这几幅传世佳作。

橘园博物馆的地下一层也展示了100多幅印象派画家的画作，其中包括了毕加索、塞尚、雷诺阿等知名画家的作品。其中莫奈的另一幅名作《日出·印象》也在其中，但我一直没找到，也许是免费开放日不对大众展出吧！不过，在我看来，这里的印象派作品远不及奥赛博物馆的档次和水平。不过雷诺阿的几幅人物画和静物画倒是给我留下了深刻的印象，特地拍了照片，在此向大家展示。

十九、浪漫的葡萄酒之旅

说起法国的波尔多,恐怕在中国无人不知、无人不晓,因为它出产的葡萄酒太有名了。波尔多位于法国的大西洋沿岸,是一座古老的港口城市。由于这里气候温暖、湿润,昼夜温差小,特别适合葡萄的生长,且这里又拥有非常古老的葡萄酒酿造技术,从18世纪开始,借助葡萄酒的贸易,发展成为如今世界级的葡萄酒产地。

波尔多也是一座历史和人文极其丰富的城市,这里不仅是法国最著名的两位大思想家孟德斯鸠和蒙田的故乡,也是法国大革命时期吉伦特派的发祥地。虽然我还没有机会到访这座城市,但却先从葡萄酒开始体验这座城市了。

因为前两天刚刚喝完了一大桶5升装的罗纳地区法定区域管制葡萄酒,昨天特地又去买了一桶5升装的波尔多法定区域管制葡萄酒。真不愧是世界闻名的葡萄酒之乡,波尔多产的葡萄酒果然名不虚传。与罗纳产区的葡萄酒相比,少了些许辛辣,多了几分柔和、醇厚和浓郁,又不乏那种特有的干涩味道。喝完之后令人欲罢不能,于是我也乐得把盏痛饮。所以,今天乘着刚痛饮之后的微酣,仍然同大家聊聊波尔多葡萄酒的故事。

我曾在前面介绍过，法国对葡萄酒有严格的产区管制法律，从而保证了优质葡萄酒能够行销全球。波尔多（Bordeaux）和勃艮第（Burgundy）是法国最著名的两大葡萄酒产区，它们所酿造的葡萄酒应该说各有千秋。波尔多葡萄酒由多种葡萄调配酿制而成，酒质柔顺被喻为"酒后"；而勃艮第葡萄酒则由单一葡萄品种酿制，口感刚劲，被喻为"酒王"。其实法国人自己在这两者之间更喜欢后者，但波尔多的名气实在太大了，往往得到更多的关注。

波尔多产区葡萄种植面积11万公顷，有1.2万家酒庄，年产8亿瓶葡萄酒。虽然在全法400多个法定区域管制产区中，波尔多仅占46个，但其产量却占了法国所有法定区域管制葡萄酒的四分之一，当之无愧是法国最大的优质葡萄酒产区。虽然随着很多新兴产区的兴起，波尔多已经不是酒迷唯一的佳选，但无疑仍旧是葡萄酒中最经典的范本。

毋庸置疑，波尔多葡萄酒的繁荣，一方面是得益于其作为法国第一大港口那近水楼台的便利优势，随着当地航海商务的兴起，波尔多葡萄酒的威名也随之远播全球；另一方面，波尔多也具备独特的自然环境条件，临近大西洋沿岸，气候上属于典型的海洋性气候，温暖而潮湿，配合本地的土地条件，构成适合葡萄生长的独特环境。但也因为整体气候稍冷，单一的赤霞珠品种很难酿成均衡协调的酒，初酿成时的紧涩会很难以入口，所以往往用美露和其他品种进行调配。其实波尔多和大多数法国南部产区一样，往往用不同的品种混合调配（红、白酒皆是如此），以得到最丰富谐调的表现。

波尔多的红葡萄酒基本可以按左岸和右岸区分，以南北走向的吉隆特河（Gironde）分界。左岸大多以赤霞珠（Cabernet Sauvignon）为主要品种，经典产区如梅多克（Médoc），充满法国传统的严谨和古典风格，单宁含量很高，口感丰厚之余，在初酿成时非常紧涩，1855年分级的顶级名酒都在左岸；右岸以美露（Merlot）为主，与左岸相比，更加柔顺和温和，单宁也较低，能够更快地成熟适饮，重点产区如圣·埃米利永（Saint Emilion）和玻美侯（Pomerol）。

赤霞珠和美露是波尔多葡萄品种的两大台柱，十九世纪以来，美露葡萄品种的种植量越来越大，目前已经是波尔多种植面积最广的葡萄品种，占到红葡萄的58%。左岸温暖的气候和砾石（也就是碎石块）土质非常适合赤霞珠葡萄品种的生长；而右岸凉爽的气候加上黏土和石灰岩土质，使赤霞珠很难有出色表现，而易于早熟的美露葡萄，无论是在左岸还是右岸都能生长的很好。

虽然波尔多最为世人所熟知的大多是红葡萄酒，其实此区的白葡萄酒同样也很出色，如佩萨克-雷奥良（Pessac-Leognan）。格拉芙（Graves）产区中所有的列级酒庄都位于此区内，其中最著名的就是波尔多"五大酒庄"中被称为"格拉芙之王"的奥比安产区的长相思（Sauvignon Blanc）和赛蜜荣（Semillon）干白，索坦（Sauternes）和巴萨克（Barsac）产区的贵腐甜白也同样是举世闻名。

自1855年起，法国开始了葡萄酒的评级，主要针对的是波尔多左岸的葡萄酒。当时由"四大酒庄"位列第一级，加上1973年荣升一级的木桐酒庄（Château de Mouton-Rochschild），一起被称为"五大酒庄"：

拉斐酒庄（Château de Lafite-Rochschild）；拉图酒庄（Château de Latour）；玛歌酒庄（Château de Margaux）；木桐酒庄；奥比安酒庄（Château de Haut-Brion）。

在1855年的评级中，索坦产区的伊甘酒庄（Chateau d'Yquem）是唯一被评为一级酒庄的甜白葡萄酒酒庄。另外，未参评的波尔多右岸酒庄有两家被业界公认水准不逊于"五大酒庄"：

伊甘酒庄，号称"天下第一酒庄"，其贵腐甜酒确实独步江湖；白马酒庄（Château de Cheval Blanc）；奥松酒庄（Château de Ausone）。

上述八个酒庄加起来被称为"波尔多八大酒庄"。但如果从酒的价格来看，波尔多历年来最贵的葡萄酒往往并不是出自这八大酒庄。一般情况下，玻美侯产区的柏翠酒庄（Château de Petrus）是最贵的酒，其特有的陨石土壤，使其酒质独特，在Robert Paker评分表中长期位列一级酒庄行列。加之美国酒迷自70年代以来的追捧，使其身价倍增，一瓶酒动辄就得上万元人民币。

波尔多是法国唯一采用"列级酒庄"制度的地区，专门针对酒庄分了不同等级，而无论酒庄是否易手，一直保持原有的品质。而勃艮第或香槟区（Champagne）这样的大多数法国产区，仅针对葡萄园进行分级，其实这才是真正考虑了自然和土地特点。波尔多的"列级酒庄"制度仿佛和法国葡萄酒尊重土地精神不太相符，也算是历史遗留的特殊政策优待了。

波尔多葡萄酒种植面积最大的左岸地区现共有四个产区对酒庄进行了分级划分,包括梅多克产区(Medoc)、格拉芙产区(Graves)、索甸产区(Sauternes)和巴萨克产区(Barsac)。它们的分级方式都各有不同,在各产区的具体介绍中会分别阐述。

波尔多主要葡萄酒产区包括:梅多克、格拉芙、圣·埃米利永和玻美侯四大产区。

要了解波尔多,首先要了解梅多克,毕竟举世闻名的所谓的"五大酒庄"中,有四个都是来自于梅多克产区。可以说梅多克代表了波尔多左岸精神和经典的波尔多风格。梅多克以气派的城堡和众多的名园著称,体现着贵族的排场,动辄近百公顷的葡萄园,可以说是葡萄酒庄中的大户人家,和右岸的乡村气息形成明显的对比。也许正是由于这种历史的荣耀,梅多克的酿酒风格更加趋向于传统,有人说这是优雅尊贵的古典气质,我深以为然。

梅多克位于吉隆特河河口的低地,顺水冲刷下来的砾石形成了一片平坦的顶级红酒产区,其中,分成几个一流的村庄级产区,如圣艾斯台夫(Saint-Estephe)、波雅克(Pauillac)、圣朱里安(Saint-Julien)、玛歌(Margaux)、里斯塔克-梅多克(Listrac-Medoc)和慕里斯(Moulis)。由于砾石土质的高排水性,赤霞珠作为主要葡萄品种,有很好的表现,能够酿出颜色深红的浓郁红酒,但同时由于口感非常紧涩,需要用美露品种的柔顺进行调配。总体来看,梅多克的赤霞珠葡萄品种的种植比例是52%,在砾石土质集中的一些顶级酒庄中甚至达到70%－80%。

梅多克法定区域管制产区分为两大部分：北部的产区条件稍差，被称为一般的梅多克地区法定区域管制；而南部是顶级的村庄级法定区域管制的集中地，被称为"上梅多克"（Haut-Médoc）"，其中包括6个村庄级法定区域管制产区，分别为圣艾斯台夫（Saint-Estephe）、波雅克（Pauillac）、圣朱里安（Saint-Julien）、玛歌（Margaux）、里斯塔克－梅多克（Listrac-Medoc）和慕里斯（Moulis）。此外，梅多克的列级酒庄共61家，下属一、二、三、四和五级酒庄，此外就不再一一细表。

和左岸的梅多克众多宏伟的城堡相比，右岸的圣·埃米利永更像是乡间的小别墅，感觉更容易与人亲近，这倒和这个产区酿造的葡萄酒类似，柔顺圆润。这主要是和此产区的主要葡萄品种密切相关，圣·埃米利永的黏土和石灰质土质适合美露葡萄品种的生长，种植比例接近70%。调配葡萄品种往往是品丽珠（Cabernet Franc），赤霞珠的种植量非常少，仅占到7%左右，主要因为波尔多较为凉爽的气候和土质不适合赤霞珠的成长。

虽然在圣·埃米利永产区美露是绝对的主要葡萄品种，品丽珠往往担当配角，也不乏用品丽珠扮演主角的顶级酒庄，可以说，此产区是全球最精彩的品丽珠产区。在圣·埃米利永最著名的两家酒庄：白马酒庄（Château de Cheval Blanc）和奥松酒庄（Château de Ausone）分别采用60%和55%的品丽珠酿酒，美露反而是作为配角。

圣·埃米利永产区总共包括6个法定区域管制产区，其中2个村庄级法定区域管制产区最为有名：一般级别地圣·埃米利永产区和圣·埃米利永特级（Saint Emilion Grand Cru）产区，所有的列级酒庄都来自于后者产区。另外还包括4个卫星产区，位于圣·埃米利永北部的丘陵地带。圣·埃米利永列级酒庄共有61家。

在波尔多的各产区的酒庄分级中，圣·埃米利永的分级要算是最合理的了。从1958年开始，每10年由圣·埃米利永葡萄酒业公会根据葡萄酒的品质、价格和葡萄园和知名度等指标修订酒庄的等级，保持了该产区酒庄的谨慎经营和不断进取，避免了像梅多克这样100多年几乎没有变化造成的事实与酒庄等级不符的尴尬。

玻美侯产区的酒庄很多都是车库酒庄的类型，酒庄建筑像是一间间的农舍，葡萄酒产量也很小，所酿的酒也带有右岸的个性特点，不像左岸那样完全工业化生产的模式。紧邻圣·埃米利永产区，同样采用美露葡萄作为主要品种，而且有着最极致的出色表现。玻美侯品质最好的酒庄都位于东部地势较高的台地边缘，由于砾石、黏土和下层的丰富的铁矿岩层，造就了美露葡萄无可比拟的风味。位于台地最高处的柏翠酒庄（Château de Petrus）出产的红葡萄酒是波尔多产区最昂贵的酒。

索坦与巴萨克产区位于格拉芙产区的南端，索坦和巴萨克两个产区处于波尔多左岸最南端。因为得天独厚的气候条件，这里出产波尔多最著名的贵腐甜酒。在秋天葡萄成熟的季节，来自兰德低地（Landes）和西隆河（Cirons）的冰冷溪水注入流经巴萨克村的加伦河（Garonne），在早晨的时候形成潮湿的雾气，贵腐霉菌（Botrytis Cinere 或称为 Noble Rot）很容易生长，在葡萄表皮上开了很多极为细小的小孔。午后的阳光照散雾气使葡萄不会因霉菌的过渡作用而烂掉，北大西洋的西风通过葡萄表皮上的那些小孔带走了葡萄中的水分，使糖分和葡萄精华高度浓缩，最终使这块土地称为贵腐甜酒的天堂。

葡萄品种以赛蜜荣（Semillon）为主，辅以长相思（Sauvignon Blanc）和小比例（一般不超过5%）的蜜思卡岱（Muscadelle）。此品种因为具有麝香葡萄（Muscat）的香气而得名，可以酿成非常丰满圆润的浓厚甜酒。在特别好的年份，索坦区的顶级酒庄——伊甘酒庄（Chateau d'Yquem）也会用赛蜜荣葡萄作为唯一葡萄原料。虽然酿成的甜白属于白葡萄酒的一种，但其陈年能力丝毫不逊于波尔多顶级的红葡萄酒。与索坦区的贵腐甜酒相比，巴萨克地区的甜酒口感会相对清淡和均衡一些。

在此也顺便说说波尔多的甜白酒法定区域管制产区，基本上都分布于加伦河两岸并与索坦和巴萨克产区临近。左岸法定区域管制产区主要就是索坦和巴萨克，再往北还有一个被称为西隆（Cerons）的村庄级法定区域管制产区，出产的甜白比较淡，名气不大。右岸主要有三个法定区域管制产区：葡萄园面积较大的卡迪拉克（Cadillac）以及面积较小的鲁皮雅克（Loupiac）和圣十字峰（Sainte-Croix-du-Mont）法定区域管制产区。

索坦和巴萨克产区的列级酒庄共有 27 家。在 1855 年法国巴黎万国博览会所制定的酒庄排名中,梅多克列级酒庄都是红葡萄酒,而索坦与巴萨克产区的列级酒庄都是生产贵腐甜白葡萄酒的酒庄,主要是因为当时以甜酒为主,因此没有一家生产干白的酒庄入选。共分为三个等级:特等一级(仅伊甘酒庄一家)、一级酒庄和二级酒庄。自 1855 年之后,随着其中有些酒庄合并、有些拆分,至今列级酒庄数目已经从原先的 21 家变为了 27 家。

最后介绍一下格拉芙与贝沙克-雷奥良产区。格拉芙处于波尔多左岸的中部地区,分为南北两个产区。北产区属于精华区,1987 年从格拉芙产区独立出来,称为贝沙克-雷奥良,格拉芙产区中所有的列级酒庄都位于此区内,其中最著名的就是波尔多"五大酒庄"中被称为"格拉芙之王"的奥比安酒庄。南产区直接称为格拉芙。

贝沙克-雷奥良以砾石土质为主,主要出产顶级红葡萄酒,在小部分富含黏土和石灰质土质的地区也出产少量的白葡萄酒,此种土质有利于在白葡萄中保留足够的酸度。格拉芙地区越往南部,黏土和石灰质土质也越多,主要出产干型和半甜型白葡萄酒。格拉芙的列级酒庄共有 16 家。

二十、体验法国式"办事难"

咱们大多数国人通常对法国的第一印象都是"一个浪漫的国家"。虽然在法国待的时间也不短了,可我却丝毫没有感受到所谓的"浪漫"。不过,就像很多有法国生活经历的朋友说的那样,只有在与政府、公务机关打交道的时候,才能真正体会到法兰西式的"浪漫",那真是又浪又慢!我在办理我的居留证时就充分体验了这种法兰西式的"浪慢"。

凡是来法国学习或工作的外国人,第一要务便是要取得法国的居留证(Carte de Séjour),因为这是在法国合法居住的重要身份证件。没有它,你就无法取得社会保险,不能申请房补,也不能出国旅行;如果家有急事,回国之后就再也无法回法国。所以,我到法国的第二天就急不可耐地向位于巴黎圣母院对面的巴黎警察总署递交了办理居留证所需的所有材料,接下来便是漫长的等待。这期间我的签证也过期了,我在法国成了"黑户",如果在街上被警察临检,那就得被遣送回国。到了2月底,终于接到通知,可以去取Récépissé了,这是一张红蓝相间、做工精致的纸片,约有半张A4纸大小,上面还贴着本人照片。

所谓"Récépissé"其实就是领取居留证的收据,还起到证明身份的作用。我就纳闷了,有工夫做如此精致的收据,何不直接发居留证算了,何必多此一道手续呢?接下来又等了快一个月,终于收到警察署的信,要我去体检,体检合格后可当场取居留证。其实这个居留证早就做好了,还非要走这个形式。

于是在约定的日子里,我到位于巴士底广场附近的巴黎警察分署的移民体检中心。体检就是走个过场,医生随便问了几个问题,量了身高、体重,测了心跳血压,还拍了张胸片,一切OK,很快拿到了体检合格证明。取证处就在体检中心内,凭Récépissé和体检合格证就能拿到盼望已久的居留证了。当然还得交340欧元的办证费,这是从去年开始涨的,原来只要55欧元。我先去附近的香烟店买好340欧元税票,然后在取证处排队等候。看到前面的非洲人、阿拉伯人都顺利拿到了那张可爱的小证,想想自己很快就能在欧洲自由通行了,其实我早就准备在复活节去瑞士旅行了,就等这张居留证了,当时心里别提有多兴奋了。

然而,当我怀着期待的心情向取证处的官员递上材料后,那官员在一排文件柜里找了又找,居然找不到我的证件。他抱歉地向我解释,有可能我的证件错放到别人的文件夹里了,他会在人少的时候好好帮我找一找,并让我第二天一早再来。当时我那个失望啊,不过想想好事多磨,再多等一天也无妨,谁让法国人办事这么不靠谱呢。

然而第二天一早,当我冒雨赶到取证处时,那个官员又告诉我,他还是找不到，今天他会将所有文件夹都翻一遍。他让我留下电话号码，并告诉我下午一定能找到，到时候会电话通知我。此时我对找到证件已经丝毫不抱希望了，果不出所料，到了下午连个电话的鬼影子都没有。

于是第三天一早我又冒雨前往巴士底广场，这几天也真怪了，居然天天下雨。当我赶到警署门口时，连门卫都认识我了。进入取证处后发现，原来那位官员不在了，这次换了另一位大妈级的工作人员，看我一进门就问我是否是"X先生"？当得到我肯定的答复后，这位大妈告诉我，得去巴黎圣母院对面的警察总署的亚太办事厅去拿我的居留证。

当我抱着最后一线希望来到警察总署时，前台的一位大妈先是告诉我不在此处办理，想把我打发走。在我一再坚持下，她只好拿着我的材料找到里面的工作人员。经过里面一阵忙活之后，出来一位女官员告诉我，由于他们的失误，我的证没有出来，要我回去等候。这次又留了我的电话号码，并说等有了消息会通知我。我知道，这肯定又会是石沉大海了。

其实如此简单的事，不管是证件被他们弄丢了，还是因失误根本没有制证，这要是在咱们中国，只要补制一张证件就完了，根本不是什么麻烦事。可在法国，这是超出规程的事，他们肯定已经不知所措了。要拿到这张居留证，我不知要等到猴年马月了。可对我来说，这简直是灾难性的事件。

通过这件事，我真正领略了什么叫"法国式不靠谱"，不管是你想象得到的，还是想象不到的事，在法国都有可能发生。其实在日常生活中，我常常经历着法国式的不靠谱。比如，我们大学城的公寓，明明贴出了告示，我的房间是每逢周一打扫。于是每周一一早，我将书桌、洗脸架、地面上所有东西收进柜子，以便保洁人员清扫。可有时等我晚上回到房间，竟然发现这一天根本没人来打扫。我们每两周换一次床单枕套，可到时候我将待换的脏床单枕套放在椅背上，回来却发现只换了床单，而脏枕套却还在原处。

更有甚者，一次国内给我寄了包裹，前台竟将我的包裹单放进了别人的信箱。幸好那位老兄也是中国人，与我的姓同音。结果这位老兄没细看包裹单就直接去邮局，竟然拿他的证件还取到了包裹。回来一看纸盒上的名字不是他的，这才将包裹送到我的房间，真让我啼笑皆非。

经历了种种法国式的不靠谱，我也常常开玩笑式地同导师Alian讲，法国人做得也太不靠谱了，如果核电站的工作人员或民航飞行员也这么不靠谱的话，国家可要遭大灾了！每次Alian也只能尴尬地说"不会的，不会的"。

还有一件事也令人非常不快，那就是针对外国人的办事机构中工作人员的外语水平太糟糕了。法国人是出了名的热爱自己的语言；绝大多数法国人只讲法语，不爱讲英语等其他国家的语言。他们天真地认为，外国人到法国来讲法语是天经地义的事。

咱们中国人在中学时都学过都德的《最后一课》这篇课文，所有人都会被课文中所表现出的爱国情怀所感动，也都通过这篇课文知道了"法语是世界上最美的语言"。到了法国后我才知道，所谓"法语是世界上最美的语言"绝对是无稽之谈。

法语绝不是世界是最美的语言，相反却是世界上最复杂的语言之一，其语法复杂、表达繁琐，一般人在短时间内很难掌握。相比之下，英语要容易得多。法国人自以为是地想让全世界人都来学会这种复杂繁琐的语言，绝对是个天真的大笑话。可是在法国，像移民机构这样的对外国人办事机构里的工作人员，竟然也抱着这种想法，动辄以法语相对，实在是为办事平添了许多障碍。

我总结了法国人的性格特点：虽然他们的民族自豪感很强，但一遇强敌，就立即投降，很少做抵抗，看看二战中他们的表现，在最后从纳粹手中解放法国时，有几个法国人在战斗？因此，我也更加能感受到我们中国人的优秀品质：慷慨大方、有情有义、坚忍不拔、有凝聚力，虽然平时看似一团散沙，一遇国难当头，每个人都奋勇当先，不畏牺牲，与法国人形成了鲜明的对照。

二十一、普罗万古城访问记

进入四月,感觉春天真的来临了,在巴黎到处都能看到盛开的鲜花,仿佛为这座浪漫的城市增添了五彩的新装。4月2日正好是一个风和日丽的星期六,这天,我参加了由全法学联组织的赴巴黎附近小城普罗万(Provins)的一日游活动。当我刚看到这个地名时,还差一点把它当成了普罗旺斯(Provnece),心想那么远、那么大的地方一日游哪里下得来啊!后来在网上一查才知道,原来那是一座离巴黎并不太远的中世纪古城,还是一个被列入世界文化遗产名录的著名风景点。

清晨,我们的大巴准时从巴黎13区的意大利广场出发,一路经过拥堵的街道,不久便驶离了喧闹繁华的巴黎城,之后我们的大巴开始急驰在一片葱绿的广袤田野中。春天的阳光无比明媚,车窗外的风景令人心旷神怡,也让我充分领略了法国原生态的田原风光。

大巴行驶了约一个多小时,便抵达这座坐落在山丘之间的古城。我们先在古城入口处的信息中心拿了免费的古城介绍和地图,然后进入这座美丽的小城,开始了我期盼中的游览活动。

普罗万位于法国中北部的塞纳-马恩省,距巴黎约 90 公里。在公元 12 至 13 世纪的中世纪时期,一些冒犯了法国国王的封地领主移居到此地,他们在此处高筑城墙、堡垒,形成了该城的雏形。由于地理位置绝佳,又盛产香槟酒,很快便成为欧洲地区的商业中心。这里还曾经做过香槟郡的首府,成为北欧诸国与地中海之间商贸通道的重要交汇点,其商贸活动经意大利、荷兰一直延伸到非洲和东方。然而时过境迁,如今的小城虽然保持着当年完整的城市建设格局,却充满了远离喧嚣的宁静和质朴。时间的力量在这里显得格外凝重,900 年多年来的历史沉淀于这里的每一寸土地、每一块砖瓦中。人们行走在古城狭窄蜿蜒的小巷中时,依然能够感受到中世纪时期普罗万人的生活方式、人文气息和那种无法用语言表达的原生态内核。

当我们来到古城前面时,发现整个古城是被高高的城墙所包围。据说这里的城墙在整个欧洲都值得称道,虽经历过几次加固,一直保持原状。城门高大雄伟,城门两侧是两个椭圆形的城楼,整个建筑浑然一体、呈米白色。

我们从这座中世纪时代的城门进入普罗万古城,首先映入眼帘的是保存完好的民居。这些形状各异的二层小楼,虽然感觉有些陈旧,却粉刷得干净整洁。房前屋后用鲜花装饰着,显得古朴而不失典雅。尤其在春日里,盛开的郁金香将民居周围的环境装扮得格外的优雅、明快。虽然是星期六来古城的人不多,也让我们充分享受到了难得的宁静,从容不迫地细细品味这座美丽的小城。

参观过程中，我发现了一个有趣的现象，小城中的许多民居都是用木筋墙建造的房屋，整洁的墙面上凸显着不规则的木条，感觉非常怪异。据说采用木筋墙建造的房屋在中世纪的欧洲非常流行，房屋可以移动的，需要搬家时，将那些木架子拆下带走，到了别的地方还可以再建同样的房子。

因为小城依山而建，道路有些起伏，但走在那铺满石板的蜿蜒小径上，却让我这位成长在江南古城苏州的南方人倍感亲切。只是自己的故乡因工业化的发展，童年时与小伙伴一起玩耍的小巷早已不复存，取代之的是一排排整齐的楼房。看来对于保护和发展，中法两国政府有着巨大的差异啊！

古城不大，很快我们便来到了小城的中心广场。广场面积虽小，却仍然保持着中世纪的模样。广场中央竖立着一根石质的十字架，旁边是一口水井，还连接着古老的汲水器，四周是商铺和小饭馆。据说当年繁华时期，这是商贾云集，商贩们将整个广场挤得水泄不通。

小城的主要建筑物是位于城中心靠南的凯撒塔和位于城西侧的圣·阿依武教堂（Eglise Saint-Ayoul）。凯撒塔实际上是一座巨大的石质城堡，当年这里曾经是香槟伯爵的权力象征和行政中心，里面设有瞭望塔、监狱、钟楼等，进入参观需要购买门票。秉承我在欧洲旅行的一贯风格，凡遇收费景点，除非特别著名，否则一律不进。由于凯撒塔建在小城的最高点，站在城堡边，全城风光尽收眼底。放眼望去，城内绿树浓荫掩映着民居低矮褪色的灰墙红瓦；而城外绿油油的麦田一直铺到湛蓝的天际尽头。

圣·阿依武教堂在古城西侧，正对中心广场，这座教堂应该是小城中最有特色的建筑了，教堂建筑是哥特式风格，非常雄伟壮观，在这样一座小城中有些鹤立鸡群之感。教堂大门是青铜制作，两侧的门楣浮雕已经被岁月磨蚀得面目模糊。教堂内的布局也是千篇一律，只是墙上挂着几幅油画显得与众不同。近看后发现，这些画有些粗制滥造，绝非出自名家之手。在我参观的时候整个教堂空无一人，只是从圣坛上方的彩绘玻璃窗透进的一缕阳光，给了教堂一丝生机。

小城中还有一个玫瑰园，据说这里盛产玫瑰。当我们闻讯前去参观时，才发现现在不是开花的季节。偌大的玫瑰园内只有几十株低矮的玫瑰植株，连花苞都没长出，于是我们也只能悻悻离开。我们又在曲曲折折、寥无人迹的小巷子中闲逛到中午，在小城广场中的一家小餐馆吃了午饭，便依依不舍地离开了这座古老的小城。

乘坐在回程的大巴上，我一直在想，我们中国也有许多类似的古城，比如平遥、周庄、同里、丽江、大理等，它们都有着同样古老的历史背景和深厚的文化积淀。当我们离开繁华的大都市，想去这些地方体验一丝古朴与宁静时，却发现自己又陷入了另一个喧闹的环境。极度的商业化模式将这些所谓的古城变成商人、甚至欺诈者的乐园，还有进城便收门票的无耻行为，都让人深感厌恶。对旅游业发展的渴望已经让当地官员和普通民众都有些不知所措了。如今再去丽江、平遥等地，人们仿佛置身于一个杂乱无章的大集市，这样的旅游还有什么意思？

可是在遥远的欧洲，那里的商业活动远远比中国发达。但就是有像普罗万这样的古城，丝毫不被时尚和商业利益所诱惑，一切都定格在十五世纪之前，坚持穿着一袭简朴的中古世纪外衣，留给后世一份遥远而真切的印象。是什么使这座城市能够固守这份中世纪情结，历经数百年沧桑变化却始终不改呢？这显然表现了执政者一种含蓄的积极姿态。他们用法国人对待历史文化遗产的态度，再次坚守了自己的原则，即坚持自己的原汁原味，事实上这是普罗万通过多年的实践得来的真理。

第五章

艺术的巴黎与浪漫的法国

二十二、深访艺术殿堂卢浮宫

在 4 月第一个星期天到来之际，我本来早就盘算好了，要利用这一博物馆免费开放日到巴黎郊外的枫丹白露去游览，可是一场突降的春雨打破了我的计划。降雨的时节虽然不适合郊游，却是参观博物馆的好时机。于是我在这天早晨再次前往卢浮宫，去弥补上一次参观时留下的缺憾。

这一次进入卢浮宫后，我不再随着拥挤的人流去看那所谓的"镇馆之宝"，而是直奔上次参观时遗漏的一些著名绘画作品和拿破仑三世套房。我首先去了位于德农馆二层的法国十九世纪巨幅绘画展厅，在那里终于找到了欧仁·德拉克罗瓦的名作《自由引导人民》。记得曾经在高中世界历史课上就曾听老师介绍过这幅具有强烈时代背景的世界名画。今天终于站在它的面前，偿还了我多年未了的夙愿。看着巨幅油画中那位穿着朴素古典衣装、赤裸着上身、手持象征法兰西共和制的红白蓝三色旗、有着古希腊雕塑般美丽的自由女神，还有她周围前赴后继、奋勇向前的民众，我突然有一种心潮澎湃的感觉。仿佛多年前我也有过类似的经历，一时间记忆有些凝滞。

《自由引导人民》反映的是1830年巴黎市民为反抗复辟的波旁王朝而发动的"七月革命"事件。油画作者德拉克罗瓦虽然没有亲身参加武装斗争,但他却亲眼目睹了巴黎市民不畏牺牲、英勇战斗的场景,从而创作了这幅极具强烈感召力的惊世巨作。整幅画气势磅礴,色调炽烈,用笔奔放,充满了革命浪漫主义的色彩。据说画面中那位头戴高礼帽、身穿燕尾服、手中紧握长枪的青年人就是以德拉克罗瓦本人的形象为蓝本画的,也算弥补了作者本人未亲身参加战斗的缺憾。

仔细欣赏完《自由引导人民》后,又在周围顺便欣赏了其他一些绘画。其中意大利文艺复兴时期画家提香·韦切利奥的几幅人物肖像画引起我的注意,画面相当细腻,色彩明快,对人物神态的刻画也非常到位。

而附近的法国画家安妮·路易斯·吉罗代·特里奥松的作品《阿塔拉的葬礼》更令人惊叹,该画描绘了少女阿塔拉入葬的情景:年轻的恋人抱住阿塔拉的脚不忍离去,整个画面凝重而又富于情感,作者运用这一古典主义表现方式刻画出一幕生离死别的场景,令人唏嘘不已。

在德农馆二层的主展厅中,还有几幅达·芬奇的名画,但所有参观者都被《蒙娜丽莎》所吸引,这几幅同样著名的油画面前却门可罗雀。在这几幅油画中,《岩间圣母》最有名气,据说这幅画中圣母玛利亚的手势中深藏着达·芬奇的某种暗示和密码,一些著名的宗教人士看了此画之后都惊恐不已。

离开德农馆，我穿过迷宫一般的卢浮宫大楼，来到黎塞留馆，参观了上次遗漏的拿破仑三世套房。这里曾经是法兰西第二帝国皇帝路易·波拿巴于1852年至1870年居住过的地方。虽然参观过凡尔赛宫，但看到这里的一系列房间，仍然被那超级巴洛克式的奢华场景和精致装饰所震撼。在整个套房中，包括寝宫、会客厅和餐厅等都装饰得豪华至极，家具精美绝伦。以红色为主的窗帘帐幔随处可见，彰显着王室的尊严和地位。总而言之，走在这一片宽大华丽的套房中，满眼都是奢华景象，不由得令人叹为观止。

从拿破仑三世套房出来，我直奔黎塞留馆三层，这里是欧洲大陆十五至十八世纪绘画艺术的集中展区。这里有被卢浮宫大力推崇的名画《美惠三女神》，是由德国文艺复兴时期代表性画家老卢卡斯·克拉纳赫所创作。这幅画是2011年1月卢浮宫刚刚花了400万欧元从一位私人收藏家手中买来的。当时因资金不足，还在全法国掀起了一场募捐运动，募集了100多万欧元，最后才收购成功。

《美惠三女神》在卢浮宫中享受了与《蒙娜丽莎》相同的保安待遇，被放在一个单独的墙面，并被厚厚的玻璃镜框所保护。只不过人们都拥挤到《蒙娜丽莎》面前去了，没有人注意到这幅名画。所以我能够近距离仔细欣赏。这幅画不大，画面中三位少女"赤身"姿态各异，若有所思。三人颈戴着同款项链，居中女子头戴红色羽毛帽，有着独特的审美情趣。老卢卡斯·克拉纳赫所描绘的"美惠三女神"是指希腊神话中宙斯的三个女儿，分别代表优雅、美丽、妩媚的气质，体现美好的人生理想。

随后发现，以"美惠三女神"为主题创作的绘画还有几幅，其中比利时画家彼得·保罗·鲁本斯和法国画家让－巴蒂斯塔·勒尼奥的作品别具特色。我还发现，擅长宗教题材画作的鲁本斯居然在人物肖像画上也颇具实力，所刻画的人物活灵活现，让人过目难忘。

此外，在黎塞留馆三层展厅内还有几幅名画值得推荐，其中包括由德国文艺复兴时期绘画大师阿尔勃莱希特·丢勒创作的《自画像》、比利时著名画家扬·梵埃克创作的《宰相洛兰的圣母》等。其中还有一幅名为《加布里埃尔·德斯特蕾与姐姐维拉公爵夫人肖像》也非常有意思，画面中两位刚出浴的小姐妹，妹妹对姐姐做着调皮的动作，非常生动有趣，值得欣赏。该画的作者已不得而知，但该作品属于枫丹白露画派风格。

在紧邻黎塞留馆三层的叙利馆三层是法国十七至十八世纪绘画展厅。这里面也有多幅名作值得欣赏，其中由法国著名新古典主义大师雅克·路易·达维特的《马拉之死》最值得观看。

该作品描绘的是法国大革命期间，雅各宾派领导人马拉被刺身亡的事件。当时马拉身患严重的皮肤病，每天不得不将身体浸在盛满药水的浴缸内才能解除痛苦,浴缸也是他工作的地方。画面上，在浴缸内的马拉刚被刺杀，匕首被凶手丢在地上，鲜血从马拉的胸部往下流淌，濒死的马拉左手拿着便笺，握着鹅毛笔的右手无力地垂了下来。整个画面气氛庄严、肃穆，充满了革命的高尚与悲剧性，也充分表现出了马拉的崇高和英雄的气质。

据说在马拉被刺杀后两个小时之内达维特就赶到了现场，画面真实地再现了当时现场的场景。另外由法国画家乔治·德·拉图尔创作的《作弊者》也非常有意思，绘画将几位玩纸牌妇女的生动表情表现得惟妙惟肖，尤其是那位作弊者的神态，简直传神之极。

而法国浪漫主义绘画大师让－奥古斯特·多米尼克·安格尔的名画《土耳其浴女》也是值得大力推荐的作品。早在上次在奥赛博物馆参观时，就领略过他的名画《泉》，这次再一次看到这幅以裸女为主题的油画，仍然被画面中那细腻、单纯、洁净美感的所打动。与土耳其浴女相配套的油画有好几幅，都是以其中那位背对观众的浴女为主题，从不同角度表现了人体的美。

安格尔不愧是人体与人物肖像的绘画大师，周围还有几幅人物肖像也颇有观赏性。

在卢浮宫参观绝对是一项重体力活，一方面是卢浮宫面积的太大了，不得不走大量的路。另一方面观看过程也是颇费体力，需要动脚动脑，半天参观下来人已经感觉筋疲力尽。其实，在卢浮宫浩瀚如烟的珍贵绘画艺术作品中，我所参观的仅是其中一小部分。这次参观仍然无法满足我渴求艺术的愿望，一切只能留给下一次了。

二十三、奶酪王国体验记

讲到法国的传统特色食品，就不得不首先提到奶酪。奶酪在法语中被称作"Fromage"，它是牛奶精华的浓缩，有着迷人的色泽和香滑的口感，或咸或甜，不仅美味，而且营养价值非常高，饱含蛋白质和钙质。如果不是身在法国，任何人都无法体会到奶酪所散发出的奇特魅力。

其实，我到巴黎之后，对奶酪的认识也经历了一个比较长的过程。早在国内进行出国前的法语培训时，当时的培训教材上就有一篇课文专门介绍法国的奶酪。课文中讲到，法国共有400多种奶酪，可以说在法国乡乡出奶酪，村村不同味。其品种之丰富、工艺之讲究、口味之繁复、个性之十足，简直非一朝一夕所能体验到。于是，有同学开玩笑说，我们去法国后，就是每天吃一种奶酪，只有一年的公派期内也吃不全啊！

真的来到巴黎之后，不论是在超市还是特色专卖店，我算是真正见识到了品种繁多的法国奶酪。不过也发现，即使在奶酪王国的法国，其价格也不菲，比肉和蔬菜都贵得多。所以想要每天吃一种奶酪，恐怕我们那点可怜的生活费都要用来买奶酪了！

玩笑归玩笑，法国奶酪还是能买得起的。记得第一次在超市里买奶酪，我在奶酪专柜转悠了半天，看到那么多品种，颜色也五花八门；还看到长着绿毛的奶酪，感觉有点无所适从。最后挑了最便宜的那种买了一块，也花了我好几欧呢！回来之后切下一块一咬，差点没吐了，那又酸又臭的味道至今令人难忘。以至于我买的第一块奶酪在冰箱里睡了好多天大觉。

难怪有人讲，学会吃奶酪，就如同对法国文化的认同，都需要一个漫长的过程，尤其要克服一种心理障碍。首先是在嗅觉上，对法国奶酪那一种难以接受的异味，说得夸张一点，真的有点像穿过球鞋后的那股臭袜子味，鬼才会相信所谓的"品味奶酪的香味"之言。然而，我发现很多在法国待得时间较长的朋友，他们都爱上了奶酪，估计是只有经过在法生活多年的修炼后才能做到。

不过，我已经克服了嗅觉的障碍，勇敢地尝了第一口。后来与朋友的交流后才知道，吃奶酪也需要技巧，初尝者切不可去选择那些"重口味"的奶酪。尤其是那些在专卖店卖的特产地奶酪，或外表看着长满绿毛的奶酪，因为那些都是经过陈年发酵后的奶酪，其特殊的口味非一般人能享受。

一般吃奶酪需要夹在烤煳的黑面包里一起吃，这时黑面包的焦麦香混合着牛奶经发酵后产生的特殊乳香，使奶酪的味道亲切舒展，滑润不腻，同时会产生非常丰富的口感，而强烈的香气还会在口腔和鼻腔之间产生交流和共鸣。如果这个时候再配上一杯美味的波尔多红葡萄酒，那真的是要进入仙境了。就是从这样的吃法开始，我发现自己现在已经离不开如此不可多得的美味了，那才真的叫欲罢不能！

当然，法国人还是奶酪消费的第一大户，据说一个法国人平均一年要吃掉约 25 公斤的奶酪，这个数量可是相当惊人啊。法国奶酪就像中国的白酒不仅品牌种类多，各类也丰富。因此，像我这样的初尝者还真的要像小学生一样，一点一滴学起。法国奶酪大约分以下几大类：

1. 鲜奶酪。这种奶酪未经过成熟加工处理，牛奶的酪蛋白成分在乳酸酶作用下絮凝之后，成为胶冻状态。其特点为水分多、未发酵、未成熟，主要为软奶酪。这种奶酪口感柔软湿润，有的散发着清新的奶香与淡淡的酸味，有咸有甜，有的加入了香料，还有的加入一些胡椒粉、大蒜或香辛蔬菜等香料来提味，十分爽口，可以当点心一样直接食用。法国人饭后常会吃一碗这样的鲜奶酪作为甜点。对于没有加任何调味品的白鲜奶酪，可以加入果酱和着一起吃，别有风味。超市里常可见到的 Fromage Blanc 就是这种奶酪，用纸盒装着，价格很便宜。不过个人以为，好像中国人的胃不太适合这种东东，吃完后反酸严重。

2. 花皮软质奶酪，就是那种外表长满发霉绿毛的奶酪。这种奶酪通过乳酸菌的作用混合凝固，一般发酵后加入凝乳酶凝固，凝乳会自动沥干。然后在通风的恒温发酵室发酵一两天后，在奶酪表面撒上盐和青霉菌，这样表面就会出现一层毛茸茸的绿毛或白毛。花皮软质奶酪是法国具有代表性的奶酪，质地十分柔软，奶香浓郁，是发酵成熟的奶酪。据说这也是在法国最受欢迎的奶酪，常与红葡萄酒配着吃，不过至今我仍然没有勇气去尝试一下。

3. 水洗软质奶酪。这种奶酪的生产过程同花皮软质奶酪相似，但在整个成熟期需要频繁水洗，由于发酵时加入了特殊的红酵母，干燥后表皮渐渐变得润滑、柔软且光亮，颜色从黄色到橙红色不等，但奶酪团和表皮都能保持湿度和柔软性。这种奶酪内部柔软、香气浓郁，口感相当的细腻、醇厚，而且芳香扑鼻，这也是我的最爱。

4. 蓝纹奶酪。这种奶酪的硬度由半软到软膏，有美丽的蓝绿色大理石花纹或点状图案，这是由内含的特殊益菌发酵所形成，是法国奶酪家族中极为特殊的一类。蓝纹奶酪制作过程复杂，通常是先在32℃左右的高温下，牛奶里加入乳酸酶和凝乳酶。然后将干酪切成小方块，加盐并撒上青霉。霉菌使得干酪表面出现蓝色或绿色的大理石纹，这时再转移到温度控制在10℃左右的潮湿地窖放上5天。倒模后转移到乳酪干燥室，在那里工人用细针在干酪上扎孔，使空气在干酪内部流通，奶酪的纹路渐渐伸展。接下来再转移到温度12℃的潮湿地窖中储存一个月，再存放到较冷的地窖中几个月才算完成。这种奶酪的特点是香气独特、口感清新特殊，可能来源于罗马帝国末期，味道比较辛香浓烈，很刺激，一般与甜白酒搭配食用。

5. 硬质未熟奶酪。顾名思义，这种奶酪在牛奶凝固之后，通过压缩得到凝乳来加速沥干，但无须煮熟。奶酪的成熟期较长。较长时间的熟化过程，乳香味浓郁，质硬、带咸味，外表色泽多变。

这类奶酪的保存时间比较长,口感温和顺口,容易被一般人接受。由于它的质地易于溶解,因此常被大量用于菜肴烹调上。比如我们常吃的比萨饼上放的就是这种奶酪。

6. 硬质成熟奶酪。这种奶酪成熟期非常长,要6个月至一年,在炼制过程中经过压缩所以质感很硬,外皮更为坚硬;有些奶酪中间有气孔,这是熟化过程中二氧化碳气体作用的结果。这类由法国传统农庄与高山水草孕育出的绝佳风味,香气甘美,耐人寻味,口感略咸,越嚼越有味。

7. 山羊奶酪。顾名思义是由山羊的乳汁制成,香味与牛奶奶酪截然不同,味道可口略带酸性和刺激性,口感近似果仁。这种奶酪一般都是小尺寸包装,外观多种多样,有些表面还覆有灰褐色的外皮。通常需和白葡萄酒搭配食用。由于羊奶酪产量少,同牛奶酪相比,价格就要贵得多。但羊奶酪很肥美,口感极佳,是一般的奶酪难以比拟的。

8. 软质融化奶酪。一种或几种经过挤压的奶酪团,煮熟与未熟均可,经融化后加入牛奶、奶油或黄油后就可制成这种奶酪。这种奶酪的优点在于其可长期保存,口感清淡满溢乳香,是奶酪火锅的主要原料。

为了保障奶酪的质量和品牌,如同葡萄酒一样,法国政府也制备了一套针对奶酪的"原产地法定产区管制"的制度,各产区的奶酪必需沿袭规定及传统的制作法则来生产。奶酪的"原产地法定产区管制"法令源自十五世纪,于1955年正式立法。目前共有35个奶酪的原产地法定产区标识，来自400多种的法国奶酪，分别依据其产地归属自不同的原产地法定产区管制。消费者可根据其外皮或包砚上的标示来辨别。

最后强烈建议各位来法国的朋友，一定要品尝一下法国的奶酪，否则会有枉虚此行之感。不过还有一件事需如实相告：吃奶酪有百利，却有一害，那就是吃了之后易使人发胖。但很奇怪，唯有法国人吃了奶酪之后不会发胖，看来这个民族天生就有宜吃奶酪的基因。

第五章 艺术的巴黎与浪漫的法国

二十四、不一样的都市森林布洛涅

今天（4月11日）是一个特别值得纪念的日子，在我来到巴黎将近第四个月的时候，终于拿到了我的居留证。从今天开始，我也算是有"身份"的人了。想起来都觉得好笑，本来是一件非常简单的事，在别的国家也只要一两周就能办好的"暂住证"，到了法国居然弄得如此复杂。

尤其是我在办理此证的过程中，还出了那么大的岔子，简直让人难以置信。早就听说法国行政部门办事拖沓、效率低下，这一次让我体验了个够。当事情发生时，一开始他们总推说要查找丢失我申请材料的原因，让我耐心等，还说我的居留证要再等两三个月才能办好。当时我真的急了，一遍遍地去警察局交涉；不管官员们说什么，反正我也听不懂法语，我只能反复用英语告诉他们，我有急事需要回国处理，必须尽快拿到居留证。总之，我拿出了"牛皮糖"的精神，算一下我总共去了7趟位于巴黎圣母院对面的巴黎警察总局，整个办理居留证件机构的人都认识我了。

最后终于由一位负责人出面，特事特办，让我重新递交了申请材料，三天之内办好了证件。现在看来，只要官员重视，法国也不存在什么效率低下的问题。有了那可爱的证件，我就可以整个欧洲大玩特玩了！

现在向大家汇报一下上周末我外出活动的情况。因为一个偶然的机会，从同事那里听说在巴黎西北边有一片森林，叫布洛涅（Boulogne）森林。所以拿地图一查，发现这片森林的面积还不小，约有巴黎市区面积的十分之一大。想一想在像巴黎这样寸土寸金的国际大都市的心脏地带，居然有如此大的一片森林，感觉有点不可思议，于是利用周六去了一趟布洛涅森林。

从我所住的大学城出发，换乘地铁9号线至Rue de la Pompe站下车，然后沿Avenue Henri Martin一直往西，很快就能见到一大片绿地。进入绿地，树木渐渐多起来，最后连成一片。此时，我仿佛来到了另一个世界，汽车的噪音突然消失，四周仅剩下悦耳的鸟鸣，空气也变得异常清新。这里远离尘嚣，到处是鸟语花香。春天的气息在这里格外的鲜明，只有远处树梢上那若隐若现的高层建筑暗示着都市的信息。这里便是巴黎的绿肺——布洛涅森林，一个与大城市完全隔绝的世外桃源。

布洛涅森林面积非常大，要走个遍恐怕一天时间也下不来。这里虽然并不像想象中的原始森林那样古木参天，但树木种植的密度还是很大的。进入林中有遮天蔽日的感觉，大片的树木之间有碎石子铺成的道路，供行人甚至汽车通行。最令人吃惊的是，森林中有一大片人工湖，湖泊呈长条状，延伸得很长。湖水清澈见底，能够看见鱼儿在水中嬉戏。湖上有几只野鸭在觅食，我还惊喜地看到一只鸭妈妈领着一群小鸭在水中游荡,好一个温馨的场面。我经过湖边的时候,有几株樱树正怒放着樱花,一阵清风吹过,撒落我一身淡粉色的花瓣。在湖边有不少遛狗、散步的巴黎市民;在这个环境优美宜人的地方,人们尽情地享受大自然所带来的乐趣。

布洛涅森林绝非一个城市绿地那样简单,在文化之都的巴黎,任何自然事物都有可能被赋予丰富的人文背景,布洛涅森林也不例外。据说布洛涅森林早在十八世纪就已初见规模,是由拿破仑三世专门请当时的著名建筑师让·查尔斯·阿方德根据伦敦海德公园的风格进行规划,这里的林荫道和人工湖也完全模仿海德公园的形式来建造。

自从布洛涅森林向平民百姓开发后,这里简直成为巴黎市民一个重要的社交和休闲场所。记得在奥赛博物馆看过的印象派画家马奈的著名绘画《草地上的午餐》表现的就是当年巴黎贵族在布洛涅森林内休闲的场景。法国的文学家也常常以这里作为其文学作品中重要事件的发生地点。比如大仲马笔下的吉什伯爵和瓦尔德子爵便是在这里进行了一场生死决斗;而这里又是他的儿子小仲马与茶花女幽会的地方。

这片优雅的森林似乎生来就是浪漫故事的滋生地,司汤达的《红与黑》,巴尔扎克的《交际花衰盛记》,莫泊桑的《我们的心》,被誉"世界十大另类名著"的左拉的《娜娜》等小说的主人公都把与情人幽会的地点放在这片森林里。

许多事物都有两面性,布洛涅森林更不会例外,这里同样滋生着丑陋与阴暗。也许白天我所见到的是布洛涅森林优雅浪漫的一面；但听说到了晚上，这里就会成为流莺、暗娼和嫖客的天堂。在白天的时候，只要仔细观察密林深处的地面，随处都可见到野战交媾后留下的保险套。布洛涅森林其实是巴黎的一个缩影，在这片小小的天地里，浓缩了巴黎的优雅、浪漫、风流与放荡，展现着这浪漫之都的多姿多彩的风情。

二十五、在奥维尔探寻梵高的足迹

我第一次见到"奥维尔"这个词是在参观奥赛博物馆时,通过欣赏梵高一幅名为《奥维尔教堂》的油画才了解到的。画面中那青灰色的天空下,一座奇形怪状的丑陋建筑突兀地竖立在画面中央。当时很不理解梵高这幅画为什么会如此经典、著名,后来才了解到,原来奥维尔是一座位于巴黎北郊约 30 公里、瓦兹河右岸的小镇。

小镇全称为"瓦兹河畔奥维尔"(Auvers-sur-Oise),人口仅有七千人,是一座的风景如画、古色古香、又极具十九世纪风格的幽静、迷人的小镇。这里被称为印象派的摇篮,印象派鼻祖人物如查理·弗朗索瓦·杜比涅、保罗·塞尚、卡米耶·毕沙罗等都曾在此留下过足迹,这些声名如雷贯耳的绘画大师也在此留下了他们的惊世之作。

更重要的是,被称为新印象派三杰之一的荷兰著名画家文森特·梵高在这个小镇里度过了他人生最后的 70 天。1890 年 7 月的一天,梵高在位于奥维尔小镇后面,他经常作为创作题材的麦野里开枪自杀,走完了他短暂而又艰难困苦的一生。即使在这短短的两个多月中,他还在此创作出 70 余幅作品,其中有至今仍令人耳熟能详的经典巨著如《加歇医生肖像》、《奥维尔教堂》、《麦田上的乌鸦》等。得知这些信息后，我决定一定要去看一看，这小镇到底有什么魔力能够吸引并成就这些绘画大师。

从巴黎去奥维尔小镇须乘坐法国国铁公司被称为"Transilien"的郊区列车，列车始发站是巴黎北站（Gare du Nord）。但没有直达列车到奥维尔，必须在 Pontoise 或 Valmondois 站换乘往来 Pontoise 与 Creil 之间的列车前往，所有列车时刻均可在法国国铁公司的 Transilien 网站 http://www.transilien.com/web/site 上查询到。通常从巴黎北站前往 Pontoise 或 Valmondois 站的列车每半个小时有一班，但从 Pontoise 或 Valmondois 前往奥维尔的列车却较少，平均要一个多小时才一趟。经过多日的筹划，我的奥维尔之旅终于在 4 月 10 日这一天得以成行。

这一天正好是星期日，我特意起了个大早，在早晨 7 点半就到达了巴黎北站。开往 Valmondois 方向的列车在车站一层的 43 号站台发车，很容易找到。我乘坐的列车在 7：43 出发，可能由于周日早晨的缘故，列车上人很少，整节车厢仅有我一个人。列车行驶约 50 分钟，就抵达了 Valmondois 站。这是一座袖珍的乡村车站，整个车站就是一间小平房，而且只有两个小站台。从站台上的列车时刻表得知，下一趟前往奥维尔的列车要在约一个小时后才到。考虑到从 Valmondois 到奥维尔仅一站地，列车行驶时间也只需 4 分钟，于是我决定徒步前往。

迎着拂面的晨风，我独自一人行走在乡间小路上，瓦兹河畔那清新的乡村气息扑面而来，像绿色缎带一般柔软宁静的瓦兹河在我左侧轻轻地流淌而过。在小路的右侧，错落有致地散落着法国那种特有的乡村小屋，这些玲珑小屋被花团锦簇所包裹。我惊叹于这里每家每户院子都被打理得整洁养眼，让人体会到法国人生活的精致与惬意。

也许是周日清晨的缘故，整个街道上空无一人，四周静得出奇，只有不绝于耳的鸟鸣声和偶尔经过民居时听到的几声犬吠。我庆幸自己选择了这样一种方式来感受法国乡村特有的那种静谧。

一个人行走在异国的乡间，难免有种孤独感。然而，稍远处与我相伴的是无尽的田野，却又让我心胸开阔。正值油菜花盛开的时节，经常在转弯瞬间，眼前出现一大片金灿灿的花海，让人激动不已。不得不承认，与喧嚣的巴黎相比，法国的乡村格外美丽迷人，怪不得十九世纪下半叶这一带会吸引那么多印象派的画家来此寻找灵感。

在这样美好的环境中，任何人都会把悲伤、痛苦、难过一股脑儿地宣泄出来，只留平静在心中。这也难怪梵高一来到这里就被迷住了，即使病痛和生活压力折磨着他，但是他仍然还有创作的冲动。也许他对生活已经越来越不抱有希望，于是便把他的生命都装进了画里。

走了约40分钟，不知不觉便到达了小镇奥维尔。

整个小镇依丘陵而建，镇前是一条主干街道，火车站、镇政府大楼和梵高生前最后居住过的拉武旅馆都在这条干道上。其他大部分房屋都建在山坡上，所以逛起来需要爬上爬下，颇有些吃力。这座小镇因梵高而出名，有很多建筑物和场景都曾进入过梵高的绘画作品之中，于是在这些建筑物面前便会竖立起相关的梵高绘画复制品。位于小镇主干街道上的奥维尔镇政府大楼就曾进入过梵高的画作，从梵高绘画中的场景来看，经过100多年的光阴，周围环境几乎没有变化，这里已经化作在画家笔下的永恒。当我们路过这些百年都未曾改变的风景时，也许便能体会出画家创作时的心情。

梵高生前居住过的拉武旅馆位于镇政府大楼对面，是一栋两层加尖顶阁楼的普通小楼。旅馆临街一面的一层是餐馆，二层是住宿的旅馆，墙面上写着斗大的"Auberge Ravoux"。只是这几个字下面的两个窗户之间有一块牌子，用不大的字体写着梵高曾在此居住，提示着人们它不同寻常的身世。拉武旅馆当年是一个集吃饭、住宿和酒吧于一体的客栈，如今这里仍然正常营业。

每天清晨开门营业，侍者都会在餐馆门前摆上一张小桌和两把椅子。小桌上摆着半瓶梵高生前最喜爱喝的苦艾酒，酒已经倒好了两杯，仿佛仍然等待着钟情于它的客人。在旁边的墙上挂着一张梵高与友人当年在此喝酒闲聊时的老照片，这让我有幸一睹旧时的场景。

1890年5月，在加歇医生的介绍下，梵高以每天3.5法郎的价格租下了拉武旅馆阁楼层的一间小屋。在经历了在荷兰、安特卫普、巴黎、阿尔勒、圣雷米的漂泊后，奥维尔的这家小旅馆成为梵高人生最后的驿站，他在此度过了生命中的最后 70 天。

梵高生前居住过的屋子目前已辟为展馆，要从旅馆后面一座爬满了常青藤的墙边的小门进入；因为这里是私人宅地，参观者需付 6.5 欧元的费用。我没有进去参观，但早已耳闻这里是世界上面积最小、展品最少的名人故居。仅仅只有 7 平方米，尽管室内没有任何陈设，但每次参观最多只能容下 5 个人。听说屋内只有一扇小天窗用以采光，除了四壁，空无一物，简直可以用惨不忍睹来形容。梵高在此居住时，曾有一张床、一个床头柜和一个五斗橱，没有椅子，因为实在放不下。而外面的楼梯间只有一盏电灯，发出幽幽的暗红的光。狭窄的楼梯、昏黄的灯光、斑驳的墙壁和开裂的缝隙诉说着主人当年的寒酸、落魄和凄苦。然而，如果真正热爱艺术的人站在这里，即使没有任何东西可看，却可以感受到一切。

顺着小路往山坡上走，便来到了奥维尔旅游信息中心，这里可以拿到关于奥维尔旅游的一些资料。那是一幢两层的黄色房子。一层作为旅游信息中心使用，兼卖纪念品。二层则是杜比涅作品美术馆。杜比涅是巴比松画派的重要人物之一，对印象派也产生了很大影响。1857 年他在这里创办了个人工作室，从此奥维尔小镇便成了许多风景派画家的聚居地之一。

在信息中心大门右侧的墙上挂着一幅梵高的绘画作品，画面中是这座小楼的外景。他眼中色彩斑斓的景象经过岁月的洗礼，只剩下一片浓浓的绿色，高大的树木也遮住了后面的房子，依然未变的是那一种令让人内心感到平静的氛围。

沿着指引牌向右走不到10分钟，便是曾经出现在梵高作品《奥维尔教堂》中的那座奥维尔教堂，这里是小镇的标志性建筑。真实的教堂建筑远比梵高所画的要生动得多，巨石建造的主建筑显得格外古朴、结实中透着神圣和庄严。然而梵高为什么把它画得如此扭曲？尤其是那深颜色的天空，让人能够切实体会到当时梵高处于贫困潦倒时的心境。

经过奥赛博物馆中梵高绘画作品的熏陶，我对这位画家作品的特点也算有了一点了解。那就是他对自然景观入木三分的刻画能力，并能倾注自己内心世界的东西；他能在真实理性的景物人物之中，融入了他全部的真诚和情感，同时也清晰地表达了他的痛苦和极端孤独的心情。这也许就是日后他的绘画作品能够流芳百世的真正原因吧。

奥维尔教堂内部没有任何特别之处，却是小镇居民精神寄托的地方。正值周日礼拜时间，陆陆续续有居民进入教堂。不愿打扰他们的祷告，我悄悄地离开了。从教堂后面的小路一直往高处走，眼前突然一片开阔。那是一片一直延伸到天际的麦田，青青的麦苗在微风中摇摆，田中有几株孤零零的柏树。这一场景不正是梵高生前最喜爱的创作题材吗？我深入到麦田之中，发现前面田间竖立着一块铁牌，上面是那幅大名鼎鼎的《麦田上的乌鸦》的复制品。

画面描绘了这样一种场景：在微妙的天空下是一望无际的麦田，正值秋收时节，麦田中起伏着金色麦浪。这生机勃勃的景象本为丰收与幸福的写照，此时天空中却飞舞着成群的乌鸦，似乎在预示着某种不祥的命运。就是这片梵高最喜爱的麦田,成为他终结生命的地方。

1890年7月27日下午,梵高像往常一样背着画架走向这片麦田。这一次他并没有继续画他喜爱的麦田风光,而是选择在田野中开枪自杀。子弹射中了他的腹部,但这一枪没有马上致命,于是他跌跌撞撞地回到自己的房间。两天后,梵高在呻吟中死于他弟弟提奥尔多的怀中。

当我亲身站在这片麦田中,想着这位被全世界懂艺术和不懂艺术的人顶礼膜拜的伟大艺术天才,居然是这样一个悲惨结局,突然一股心酸涌上心头,两眼因泪水而变得模糊。世道竟然是如此的不公平,如今梵高的任何一幅作品在嘉士德随便拍一下,也能卖出个几千万欧元。只要拿出其中的万分之一给梵高,他也不会潦倒至此。我真的要痛骂那些不良奸商当时都死到哪里去了?奥维尔的墓地位于小镇东北角,就在我经走过的麦田边上。

当我走进这片墓地,发现这里许多墓都修建得十分奢华,墓穴上面都覆盖着厚厚的大理石。当我一直走到最北面的围墙边,才在一丛蔷薇花旁,见到两座丝毫不起眼的墓碑,左侧的墓碑上刻有"文森特·梵高长眠于此",右侧墓碑上刻着"提奥多尔·梵高长眠于此",那是梵高弟弟之墓。梵高死后,他的弟弟提奥尔多精神失常,于6个月后去世。在整个墓地中,这两座墓显得最为寒酸;墓穴被常春藤覆盖,那些嫩绿的常春藤上面还放着几枝凭吊者送来的鲜花。

离开墓地的时候,我感觉自己有些精神恍惚。在经过一大片油菜花地的时候，我仿佛突然看到在那金色的花海之中，一位头戴破草帽、身背画布和画架的中年人在急匆匆行走，他满面疲惫和茫然。那是梵高吗？为什么如此美景也无法改变他永远漂泊的命运。我的眼前又出现了在奥赛博物馆所见过的梵高《自画像》，他那深邃的眼睛里，放射出沁入骨髓的忧郁，令人不寒而栗。

  这次旅行的结尾似乎让我的心情有些阴郁。在奥维尔火车站站台长椅上，我一个人静静地坐在那里等候回巴黎的列车，我的心绪却像那长长的铁轨一直延伸到远方。来到艺术之都巴黎后，我才开始了解到了关于印象派的绘画。与同是印象派画家的毕加索、莫奈等人相比，梵高在生前不是一位成功的画家，而且是一位在精神上不堪一击的弱者。他穷困潦倒、屡经折磨、爱情失意、病痛不断、旁人嘲笑，诸多不幸加注在他的身上，在我们今天这些世俗之人看来，简直就是个"Loser"。然而他对绘画艺术的坦荡真心和义无反顾的献身精神，以及对自然界景物内涵所具有的独特灵感，都非常人所能理解。历史是公证的，而时间则证明了梵高的伟大。今天，每一位目睹过梵高绘画作品的人，都会有怦然心动的感觉；因为他们感受到了这些作品中，好像有梵高的心脏在跳动。正如梵高自己所说过的："活着的人还活着，死去的人也还活着。"只要后人还能看得到他的绘画，他对生命的真诚态度就永远不会消失。

【奥维尔之行补遗】

  此次"奥维尔之行"有一事要向各位"大虾"老实交代，那就是我乘 Transilien 郊区火车从巴黎往来奥维尔全程未购车票，而是"蹭"的火车。这里要澄清一下，并非是我有意要逃票，而是出于无奈。当时我在巴黎北站一层的自动售票机上购票时，输入到达车站名称后，机器显示车资是 5.15 欧元。然后我插入我的 LCL 银行信用卡，可那破机器不认我的卡，反复操作了 N 多次，还是不认。那机器又不接受纸币，结果，一来二去用了近 10 分钟还是没买成。眼看列车开车的时间到了，我只得把心一横，试着用我的 Navigo 月票卡打开了站台闸门，直接跳上列车走人。一路上我都提心吊胆、心惊胆战，生怕遇上查票的，终于熬到了 Valmondois 车站。幸好这个车站的站台是全开放式的，没有出站的闸门，使得我能顺利出站。

从奥维尔返回巴黎时，正好是中午，车站的工作人员全去吃午饭了，售票处空无一人。于是我又找到了逃票的理由，大着胆子去"蹭"车。先乘列车到 Pontoise 站去换乘，一路上也是担惊受怕，好几次看见穿制服的铁路工作人员从我身边经过，当时紧张得心都要从嗓子眼儿里跳出来了。

由于 Pontoise 是个大站，生怕在那里被查到票，我提前一站下了车，再换乘驶往巴黎北站的列车。谢天谢地，一路上也是有惊无险，终于安全地到达了巴黎北站，仍然用我那 Navigo 卡敲开了站台闸门，逃离了险境。

回到实验室将我的经历讲给了同事听，有经验的同事讲，一般星期天查票的少；但这种远郊列车，一旦查到无票者，都要罚款

65欧啊！看来逃票真是一件得不偿失的事，不仅一路上要担惊受怕，一旦被抓，不光是损失钱财，还要丢人现眼。而且古人有云：夜路走多了，总会遇见鬼的！

二十六、在波尔多体验法式浪漫

欧洲是一个度假文化十分盛行的地方，虽然度假会造成工作时间减少，但人们通过度假来放松心情、调节工作压力带来的紧张情绪；度假结束后，就能以更加饱满的精神投入到工作中，能够发挥出更大的创造力，从而起到事半功倍的效果。

从4月中旬开始，法国便迎来了长达两周的复活节假期。学校的老师们早早安排好了度假行程，假期一开始，他们便消失得无影无踪，学生都还不得不在实验室继续工作。而我则利用这段时间，分别外出旅行了两次。先是借着拿到居留证的机会，去了我向往已久的瑞士，在那里旅行了4天，探访了日内瓦、洛桑、泊尔尼、卢塞恩、苏黎世等地。瑞士那精致的花园般城市风貌、幽静的田园风光、迷人的湖光山色和那震撼人心的阿尔卑斯雪山风光，无不给人留下深刻难忘的印象。

这之后，我又参加了全法学联组织的波尔多三日游。我平时喜欢喝酒，来巴黎之后更是迷上了法国的红葡萄酒；这次能够有机会亲自到访世界最著名的葡萄酒产地，去体验法兰西特有的葡萄酒文化，自然是不会错过这样的机会。

我此次波尔多之行于4月23日开始，早晨从巴黎出发，前往波尔多地区最著名的红葡萄酒产区圣·埃米利永（Saint Emilion）小镇。途中顺道探访了地处法国中部平原的工业重镇利摩日（Limoges）。利摩日位于巴黎至图卢兹铁路干线上，乘TGA一个多小时就可到达。

利摩日是法国著名的瓷都，地位相当于中国的景德镇；其实这里还真与景德镇有很大的渊源。陶瓷制造术本是中国的传统工艺技术，法国人自古根本不会造瓷器。近代法国出现的陶瓷工业完全归功于一位汉名为殷弘绪的法国传教士，他在清康熙年间来到中国，并在景德镇居住了7年。这期间他系统而又完整地学习了景德镇瓷器的制造方法，并将其传回法国。可以说，法国的瓷器制造技术完全是从中国"偷"来的。十八世纪，在利摩日发现了制造瓷器的上好原料高岭土，因而这里成为法国陶瓷制造业的中心。

我们参观了利摩日市内一家古老的瓷器厂，里面仍然保存着十八世纪制瓷用的手工机具和窑炉。我发现这里的白色瓷器制品制作得相当出色，颜色洁白、光泽度也高，表明这里不仅原料好，其制造技术也青出于蓝而胜于蓝了。利摩日小城也值得一看，卢瓦尔河支流维埃纳河从城中穿过，极富特色的民居散布在狭窄的街道中，古老的教堂，随处可见的小桥流水，让这座工业城市也显得古色古香、颇具韵味。

此外，在途经法国西南部多尔多涅省的韦泽尔河谷时，还顺道参观了那里的一个著名人文景观——拉斯科（Lascaux）岩洞壁画。

拉斯科岩洞壁画是距今约两万年前生活在当地的克罗马农人留下的史前绘画遗迹，也是法国最早被列入世界文化遗产名录的文化遗址。不过，由于真迹极易受到环境及人为的破坏，所以我们参观的都是些复制品。这些壁画都是以牛、羊、鹿等农耕畜牧为题材，非常精美、生动、逼真，真难以想象这是距今一万七千年前的原始人类所创作。我很想将这些壁画展示给大家，但即使是复制品，这里也不让拍照，感觉很遗憾。

当晚我们住在离圣·埃米利永不远的一个小镇中。第二天一早，当我们迎着朝霞进入圣·埃米利永地区时，被这里大面积种植的葡萄园深深地震惊。真不愧是波尔多最著名的葡萄产区，大片宽阔无垠的葡萄种植区一直延伸到地平线的尽头，完全可以与我国北方的小麦种植区相媲美。这里所种植的葡萄品种包括三大类，即赤霞珠、品丽珠和美露。

我在前面重点介绍过，波尔多地区由于临近大西洋，温暖潮湿的气候，加上其特有的石灰黏土和干热沙质土壤特别适合这三个品种的葡萄生长，同时也给其带来无尽的芬芳香气。圣·埃米利永又是众多波尔多葡萄酒产区中最著名的品牌产地之一，这里有波尔多极品葡萄酒产地中最著名的白马酒庄和奥松酒庄。

圣·埃米利永小镇本身也是一个风景秀美的旅游胜地，早在1999年便被列入世界文化遗产名录。小镇建在一片山丘上，整个小城格局仍然保持着中世纪的风貌。石块砌成的房屋错落有致地分布在一片山坡上，碎石铺成的小路沿山坡起伏不断、纵横交错。

从高处望去，赭褐色的房顶让整个小显得古朴雅致。镇前不大的中心广场边是有一座尖顶教堂，成为小镇居民的精神寄托。小镇四周还有几段残破的城墙，更令这座小镇显得富有深厚的历史韵味。

由于游客并不太多，小镇显得格外肃静。徜徉在小镇中，让人有一种时光倒流的错觉。由李亚鹏和徐静蕾主演的电影《将爱进行到底》曾以此处作为外景地，所以这个小镇也开始为中国人所熟悉。我们专门去探访了该电影拍摄过程中曾作为取景地的一个酒庄Château La Rose Brisson。虽然这是一个并不知名的酒庄，但却酿造着属于法定管制区域圣·埃米利永特级产区的红葡萄酒，所产的红酒品级非常高。酒庄面积不太大，但却环境优雅，处处有景。

酒庄的精华是其地下酒窖，葡萄汁经过发酵后装入橡木桶，然后放在18℃恒温的环境中进行深度发酵，这个阶段是决定红葡萄酒最终品级的关键过程。Château La Rose Brisson的地下酒窖非常庞大，里面摆放了几大排乘满红酒的橡木桶。在离开酒庄前，酒庄的管理员还特地为我们开了一瓶红酒让我们尝一尝，那干涩的口感和浓郁香气确实感觉非同凡响。

离开圣·埃米利永小镇后，我们又去了位于大西洋边的小城阿卡雄（Arcachon）。这里是法国著名的海滨避暑胜地，同时盛产牡蛎，是个吃海鲜的好去处。在市区南面有一座整个欧洲地区最大的天然沙丘——皮拉沙丘，足足有100米高，这里也曾被作为《将爱进行到底》的取景地。

金黄色的沙丘绵亘于海岸边，当我们费了极大的力气爬到沙丘顶端时,那碧蓝色的大西洋便出现在眼前,令人异常激动。翻过沙丘来到海边,当冰凉的海水触碰到我们的脚上时,立即让人感觉到一股振奋。这座沙丘实在是太高了,爬上爬下一个来回,就已经让我们累得精疲力竭。晚上我们下榻于波尔多市郊外的一个度假旅馆内。由于到达时间较早,我当晚便约了几位同行者一起乘有轨电车进城,并初识了波尔多市容夜景。

波尔多市是法国第四大城市,因其周边地区盛产葡萄酒而著名;其实,它也是法国的军工及高科技产业制造中心。波尔多市内共有三条有轨电车,我们从郊外乘B线不一会儿便进入城区。波尔多市区面积并不大,宽阔的加龙河从市区东侧穿过,沿加龙河北岸边分布许多十五、十六世纪的石砌建筑,充满了中世纪古城的韵味。

波尔多市内最著名的景点是位于旧证券交易中心广场那栋古老的交易中心大楼,大楼完全用巨石砌成,非常雄伟壮观。广场中央是巨大的喷水池,号称是欧洲最大的喷水广场。波尔多市有许多古迹,因此整座城市都被列入世界文化遗产名录。我们的晚餐是在市中心圣母教堂前的一个露天餐厅吃的。我点了一份鸭肉套餐,价格为19.5欧元,其中的餐前冷盘给我留下的印象非常深刻,里面有鸭肫、腌鸭肉、鹅肝酱等。正餐就一般了,是一条烤鸭腿,并配了些炸薯条,不过味道还不错。最后我要的甜点是冰激凌。欣赏着古老的教堂,享受着正宗的法式西餐,感觉好极了。

第二天清晨,我们再次光临波尔多市区,重新审视了这座美丽、宁静的古城，游览了旧证券交易中心广场、坎孔斯广场、圣安德烈大教堂，并在古老的街区内转了很久，才依依不舍地乘车离去，前往下一站——法国白兰地酒之乡干邑（Cognac）小镇。

干邑也是法国波尔多地区著名的葡萄产区，由于这里特殊的白垩土壤，自然条件得天独厚，因此，用这里所种植的葡萄酿造出的酒具有浓郁的香气，余味浑厚悠长，特别适合酿造白兰地酒。因此，法国的干邑白兰地酒在全世界特别著名。其中的轩尼诗和人头马白兰地都出自于干邑小镇。这一次，我们专程参观了人头马白兰地的生产厂家。

人头马酿酒公司是一家典型的家族企业，由雷米·马丁（Rémy Martin）创造并世代相传，成为今天闻名全球的著名白兰地制造商。不过，酒厂的规模看起来并不太大，而且整个厂区也显得格外朴素。我们参观了整个人头马白兰地酒厂的生产设备、葡萄园和酒窖。酒厂的工作人员专门向我们介绍了白兰地的制造过程，发现这里面有太多的学问。首先将葡萄汁发酵成葡萄酒，然后对其进行两次蒸馏。蒸馏器由专门的紫铜制成，而且体积不大，是为了保证蒸馏过程中酒液受热均匀。从蒸馏管里流出来的酒本是淡黄色或无色的，晶莹透亮，酒精含量在 60 – 70°。然后将其装在橡木酒桶内，经过悠长岁月的熏陶久藏，赋予干邑白兰地以特有的香草芬芳，最终得到琥珀色晶莹剔透的白兰地酒。酿造完成后，还有一个重要步骤，就是调酒，这完全凭调酒师的经验来完成。

人头马白兰地的等级主要按陈化酿造时间来划分，其中有我们所熟悉的陈化 12 年的 VSOP，陈化 40 年的 XO，陈化超过 50 年的被称为路易十三。如今一瓶路易十三起价在 1500 欧元，贵的要几万欧元，非一般人能喝得起。

在我们参观过程中，酒厂还专门开放了陈年酒窖，里面的白兰地酒均陈化超过百年，橡木桶外面长满了霉菌，想必里面的美酒一定诱人无比，这些酒绝对可以称得上液体黄金了。离开酒厂之前，工作人员特地为我们各开了一瓶人头马 VSOP 和 XO 用于品尝。体验着那美酒芬芳的气味，又让我们对波尔多地区的酒文化有了更深刻的认识。

二十七、巴黎的安全攻略

前些日子在跟团赴瑞士旅行期间，我亲闻两位从国内来法国自助游的同胞，讲述他们刚到巴黎就被偷、被骗的经历。一位是刚到巴黎戴高乐机场，用500欧元一张的大钞买好RER的B线车票，将剩下的490余欧放入钱包，一转眼钱包就没了。好在他只将500欧的找头放在钱包里，否则来个连锅端。不过490余欧也是个大钱，他心痛得不得了。

另一位从北京来巴黎自助游的年轻姑娘，还有与她同行的女伙伴；一看就是生活殷实、自我感觉极佳的外企小白领。刚到巴黎的第一天，她们在埃菲尔铁塔前的广场上先是碰到一名男子纠缠，稍后便来了一位自称是"便衣警察"的人向她们晃了一下证件，然后用英文告诉她们，刚才过来纠缠的男子是毒贩，怀疑他们之间有交易。于是先查了姑娘们的护照，查完后又称要查钱包，看是否有交易用的毒资。这两位看起来很聪明的姑娘竟鬼使神差般的将钱包交给那位自称"便衣警察"的人，于是这位所谓的便衣警察拿过钱包数了一下里面的钱后，将钱包交还给姑娘。

事情至此，大家可能已猜到了结果，女孩接过钱包后快速离开；等回过神来再看钱包，里面两张 500 欧元的大钞已经不翼而飞了。这一把损失太大了，姑娘们说到伤心之处，眼里闪烁着泪花。连我这位毫不相关的听众听到此事后，也不由得气愤难平。因此，感觉到有必要写点东西，用自己的经验和教训，来警示和提醒从国内来法国旅行的同胞们。

我坚信，能够从国内来法国自助游的同胞经济条件一定不错，而且都是怀着极美好的憧憬和向往，来到号称"文化、艺术和浪漫之都"的巴黎。然而，在巴黎光鲜亮丽的外表后面，也暗潮汹涌。当全世界的旅游者蜂拥至巴黎时，各地身手不凡的小偷也会云集至此、伺机而动。而盘踞在巴黎本地的少数人渣们更是蠢蠢欲动。

因此，久居巴黎的朋友们一定能体会到，将巴黎比喻为"万恶之都"一点都不过分。其实，不仅是法国，欧洲的许多旅游业发达的大都市如罗马、巴塞罗那等治安都很不好，小偷的密度远超国内大城市；游客们的警惕性稍一松懈，肯定会遭失窃。即使在像日内瓦这样的国际先进都会，我都曾被小偷盯上，要不是同伴提醒，恐怕也会破财。

从国内出来的同胞们，在安全环境中生活惯了；再加上国内对欧美的宣传太过美好，往往会放松警惕。以为到了民主、自由、发达的国度就万事大吉，放心大玩特玩了，而此时常常是小偷和诈骗犯最易得手的时刻。

所以，我首先要提醒各位来自国内的自助游同胞，巴黎并非想象中那样美好！尤其是近年来，来自北非及阿拉伯等法国前殖民地国家的移民越来越多，给像巴黎这样的大城市带来了巨大的治安压力。再加上法国警察办事不利，所以巴黎的刑事、治安案件频发，而领纳税人钱的警察们却没有一点作为，真令人心寒。

现在很多人都将怨气撒向阿拉伯人和非洲人，其实大家了解内情后都会发现，最终的责任就在法国政府和法国白人。当初二战结束后，法国从其前殖民地国家如阿尔及利亚、摩洛哥、突尼斯等引进了一大批干脏活、累活的劳动力，移民人口越来越多。可是法国人又不好好善待他们，严重的种族歧视，使他们所生的第二代无法融入法国社会，加上他们自身缺乏教育、失业率高，于是便成了巴黎打、砸、抢、偷的主力军。

如果来自国内的同胞了解了巴黎目前的社会治安现状的话，那么在来巴黎之前就一定会从内心重视起来，做好功课，防止上当受骗、被偷、被抢。记得当年我去印度旅行之前，在网上看到一面倒的对印度骗子恶行的描述。于是做足了功课，想尽了种种对付的办法。结果到了印度后，一出机场就遇到骗子。由于事前准备充足，只要骗子一出招立即识破，一路上严加防范。在30天的旅行中，骗子、小偷根本无法近身。

因此，我强烈建议，现在到欧洲来自助游的同胞，也一定要从思想上重视起来，提前做好防备措施，才能享受到愉快的法国浪漫之旅。

以下我就个人经验谈谈在法国旅行的一些安全注意事项：

在巴黎如何识别和预防假警察的诈骗。

巴黎的假警察诈骗游客钱财的现象早已有之，而且近年来有愈演愈烈的迹象。记得前些年凤凰卫视的"鲁豫有约"栏目曾经播出过一期名为《老爸老妈游欧洲》的节目，一对上海退休老夫妇在节目中讲述他们到欧洲旅行经历时，就专门提到过在巴黎遇到假警察的骗局。不过这对老夫妇还算聪明，当那假警察提出看钱包时，他们说什么也不给，算是躲过一劫。

可那两位从北京来的外企小白领就没那么幸运，看似聪明伶俐的她们，在关键时刻却犯了傻。估计是她们对像法国这样的所谓发达国家想象得过于美好，加上事前功课准备不足，一遇到自称是警察的骗子出现，一时慌了神，要什么给什么，终于铸成大错，造成自己的巨大损失，刚到浪漫的巴黎就"挨了当头一棒"。

其实，如果她们事先多查一下网上相关的新闻就不难发现，巴黎假警察诈骗游客的事件由来已久。如果事先在脑子里面绷紧一根弦，就不会上这个大当了。大家要知道，法国毕竟是自由民主的国家，警察的权力是受到极大制约的，只有少数警察有权突击检查路人的证件。

因此，从国内来的旅行者首先要了解一下法国警察临检执法的特点：一是要着制服；二是执法的警察必须三人以上（通常为四人）。所以一个或两个身穿便服、自称警察的人绝对是骗子。如果不能把握对方是否是真警察，则要求对方出示证件，要把对方证件拿到自己手里仔细察看。通常拿个证件一晃的，绝对是骗子。

另外，那两个女白领还犯了旅行中的两个大忌：一是在钱包里面放了几张 500 欧元的大钞；二是将自己的护照随便示人。现在有一个对国内同胞不利的问题，法国目前所用的信用卡都是芯片卡，而国内的都是磁条卡，国内卡在法国用起来很不方便，旅行支票又要收很高的手续费，所以，还不得不带大量的现金。在国内换汇时，就应该尽量换一些小面额欧元钞票，通常在各银行都可通过预约获得小面额钞票。500 欧元一张的大钞在法国极少使用，也很难换开。即使万不得已拿了大钞，也要放在贴身的内衣口袋里，仅在钱包里放几十欧元小钱零用即可。

同样，护照也应该放在别人拿不到的内衣口袋里，身边仅带护照信息页和签证页的复印件。遇到临查，吃不准是真警察还是假警察，只出示复印件。如对方要看原件，则告诉对方需去警察局出示，一般可躲过受骗上当。现在欧洲的诈骗犯不仅骗钱，还开始骗护照了。因为真护照经过改造，可被偷渡集团利用；所以一本真护照能卖好几百欧元了。

在法国旅行要做到眼观六路耳听八方，随时保持警惕性。

这样说可能大家会觉得危言耸听，我个人认为这样做是必要的，即使安全没问题，至少也可避免踩到狗屎。然而，在法国的一些大城市如巴黎、马赛、里昂等治安确实成问题。提高警惕至少可以防止失窃，旅行中被窃是最让人扫兴的事。另外，在巴黎要避免晚上出行乘 RER 线地铁，尤其是 B 线。这些人经常成群结队地明抢；尤其是针对身材瘦小女生。这些家伙还不像国内的贼一样以谋财为目的，而且怀有敌意伤害的心理。所以，如果万一遇到此类不幸，还是保命要紧。不管真钞假钞，要什么给什么。

千万别指望怕死的法国人会出来"见义勇为"，而且，目前法国的法律似乎对严重犯罪的惩罚过轻，造成目前法国暴力犯罪无法遏制。另外，地铁 Châtelet 站是巴黎最大的地下换乘枢纽，这里也是小偷强盗频繁出没的地方，因此，大家经过此地时一定要倍加小心。

最后嘱咐一句，一旦发生抢夺事件一定要报警。尽管法国的警察都较散漫，基本管不了什么事。但他们拿了纳税人的钱，就有义务维护治安。

二十八、惊艳枫丹白露

随着时间临近5月，巴黎已经有了盛夏的迹象，白天的日照变得很长，正午的气温也高得足以让人汗流浃背。此时巴黎的街道上已经被来自各国的游客填满，显得格外拥挤。当然，长居在巴黎的我此也没闲着，利用各种节假日展开了对巴黎的深度游。5月1日正好赶上是星期天，为了充分利用这一宝贵的每月第一个星期日的博物馆免费开放日，我早就做好了周密的计划，那就是去巴黎郊外的枫丹白露一游。

提起国外地名的中文译名，有三个地方译得特别传神，一个是意大利的"翡冷翠"（又称"佛罗伦萨"），一个是法国的"枫丹白露"，还有一个是匈牙利首都布达佩斯郊外的小镇"山丹丹"。也许正是"枫丹白露"这个传神的地名，使我对它特别向往。终于等到这一春暖花开、风和日丽，又能免费参观的极佳时机，我自然不会放过。我特地约了住在同楼的一位中国留学生一同前往仰慕已久的枫丹白露宫。

枫丹白露宫位于巴黎郊外约60公里处的枫丹白露镇，属于巴黎公交系统的第六圈范围。那天清晨，我们特地起了个大早前往巴黎的里昂火车站，我还花17.3欧元买了一张1——6圈的公交一日通票，我们顺利搭上了7：45前往Montereau方向的市郊列车。

列车约在8点半左右到达Fontainebleau Avon站，这即是我们的目的地，出站后还要乘公交巴士A线前往枫丹白露宫。可是，当我们乘车到达枫丹白露宫时发现，这里竟然在"五一节"关门休息，看来我们事先没有做好功课啊！失望之余，却也被枫丹白露宫的外观和其周边花园所吸引。

枫丹白露宫虽然没有凡尔赛宫那样雄伟、壮观，但却充满了优美和雅致的建筑美感和清新脱俗的艺术魅力。不同宫殿那造型各异的屋顶错落有致地排列着；变化多样的线条将整个建筑外表勾勒得极富情调、富丽堂皇。这种以文艺复兴和法国传统交融的建筑风格与周围苍翠的绿色森林交织在一起、相互辉映，显示出高雅的美学格调。

枫丹白露宫自十二世纪开始建造，经历了数十代王朝的修缮和扩建，在十九世纪初的拿破仑统治时代达到其规模的顶峰。据说这里是拿破仑最喜爱居住的地方，里面收藏了他从世界各地抢掠来的奇珍异宝和名贵书画，从中国圆明园抢来的宝贝也收藏在这里。不过，要参观宫殿内的收藏品只能等下次了。

枫丹白露宫的后花园由"英国花园"和以希腊神话中猎神的名字命名的"狄安娜花园"组成，花园的环境极佳，到处是翠绿色地毯般的草坪，无处不在的鲜花将整个花园点缀得多姿多彩。花园深处更是苍松翠柏、绿草青青、曲径通幽。当置身于这树影摇曳的环境之中，呼吸着带有清晨薄雾的空气，不仅给人以幽静和谐的轻松和愉悦，更会让人不自觉地陷入无尽的美丽遐想。

　　Fontainebleau 法语的意思是"蓝色泉水"，然而我在宫殿周围的花园中却没有找到这眼美泉，但枫丹白露花园内绝不缺水。花园内不仅有大面积的水池和众多的喷水池，还有一条运河。宽阔的人工湖面上碧波粼粼，有数只白天鹅和野鸭在水面嬉戏，充满了生机勃勃的气息。虽然没有进入枫丹白露宫内部去参观，但后花园的游览也使我感觉不虚此行。

　　从枫丹白露返回巴黎市区后，为了能够充分利用我的那张1——6圈一日通票，我又去了位于巴黎北郊第五圈的蓬图瓦兹小镇（Pontoise）。蓬图瓦兹位于塞纳河畔，这里也是印象派发源地之一，法国印象派大师卡米耶·毕沙罗最钟情这座古镇，并在这里创作了《冬天村庄里的红屋顶》这幅名画。从巴黎北站乘远郊列车，约40分钟就到达了。

　　相较于奥维尔小镇的古朴与幽静，蓬图瓦兹则显得更加时尚和繁华，镇子的规模也要大一些。依山而建的格局使得我们在小镇中步行显得有些吃力。镇中除了古老的民居之外，最值得游览的便是教堂了。蓬图瓦兹教堂还颇有些气势，教堂是典型的哥特式建筑，高高的尖拱使得教堂内部空间显得格外宽敞。最让我惊叹的是教堂内多幅描述《圣经》故事的彩绘玻璃，精美得令人难以想象。教堂内的附属礼拜堂内有多幅雕塑也很值得一看。蓬图瓦兹是我上次我去梵高故居奥维尔时遗漏的地方，这次算是补上了这一课。

二十九、探寻不一样的巴黎风光

提起巴黎的著名教堂,许多人常常会想到巴黎圣母院和位于蒙马特高地的圣心教堂,其实巴黎还有很多规模宏大、建筑风格独特的著名教堂。利用周末的休息时间,我就去参观了这样几个在巴黎同样著名的教堂。

我首先去拜访的是圣丹尼大教堂。这是一个在巴黎地区很高的主教座堂,乘坐地铁13号线在Basilique de Saint-Denis站下车即到。圣丹尼大教堂的主要看点在于,首先它是安葬法国历史上历代国王及王室成员的皇家陵园。从公元七世纪起,包括亨利四世、路易十四在内的数十代王朝的国王及王室成员都埋葬于此。另外也是法国历史上第一座以哥特式风格建造的教堂。

然而,在法国大革命期间,圣丹尼大教堂遭到了极大的破坏。教堂里所有国王及王后的墓室都被毁坏,他们的尸骨也被"革命群众"从精美的石棺里扔出,暴尸于荒野,后来被集体埋葬于教堂旁边。当我来到这座教堂前,仰望这座著名的大教堂,虽然其外观气势雄伟,但建筑物表面却斑驳陆离,透出一种历史的沧桑感。

由于哥特式建筑那大跨度飞架拱顶的结构特点,教堂内部空间显得异常宽广，而在圣坛的后面则有数具新制的精美石棺，里面装殓着一些法国近代的国王和王室成员，其中就有路易十六和皇后玛丽·安托瓦内特。不过，这座教堂不知在搞什么名堂，竟然将这些石棺用铁栅栏围起来，收 5 欧的门票才能参观，其实隔着栅栏早就将这些棺材看得一清二楚了。另外，圣丹尼大教堂外面的大广场一侧有一处水果市场也值得一逛，这里的水果价格要比市里的任何一家超市都要便宜。

另外一座值得参观的教堂是玛德莱娜（Madeleine）教堂，该教堂正对协和广场，站在教堂的高台上可遥望见协和广场上的方尖碑，乘地铁 8、12 和 14 号线在 Madeleine 站下车即到。玛德莱娜教堂始建于十八世纪中叶，一直到拿破仑主政时才竣工。教堂的建筑风格非常独特，是典型的古希腊神殿风格，充满了庄严、肃穆的气氛，教堂内部两侧的附属礼拜堂也全部采用古希腊神殿式风格建造。建筑表面采用了大量的镀金装饰，这些装饰非常细腻和精致，散发着神圣的艺术美感。玛德莱娜教堂的唱诗班非常有名，我参观那天碰巧遇到他们在现场排练，有幸聆听了一次他们那天籁般的歌声。

玛德莱娜教堂周边是巴黎最有名的美食街，在这里能够买到许多法国著名的特产食品。

最后要推荐的是位于巴黎市中心圣日耳曼周边地区的圣叙尔皮斯教堂，乘地铁 4 号线在 Saint-Sulpice 站下车，沿指示牌走几十米就能看到。

圣叙尔皮斯教堂的外观也很雄伟，是典型的古典主义建筑风格。教堂正面由多根希腊式的石柱支撑，大门两侧有两个圆形高塔，巨石砌成的教堂给人以厚重结实的感觉。教堂前有一座古罗马式的喷水池，喷水柱上的雕塑均取材于《圣经》中的人物。圣叙尔皮斯教堂是一座充满神秘色彩的教堂，主要是因为电影《达·芬奇密码》在此拍摄。

不过，进入这座教堂后，发现这里保留了大量的历史遗迹，正是这些历史遗迹带给人一种莫名的神秘感。圣叙尔皮斯教堂内四周有多个附属礼拜堂，其中正门右侧的第一个附属礼拜堂——圣天使礼拜堂就显得非常神秘。这都是缘于墙壁上悬挂的两幅由德拉克罗瓦取材于《圣经》所创作的油画作品。

而在圣天使礼拜堂一侧还专门开辟了一间缅怀法国著名的修女圣女小德兰的纪念室。圣女小德兰是法国十九世纪末的一位修女，15岁加入圣衣会，24岁因病逝世。在她短短的9年修道期间，寻找到了让一个小灵魂走近天主的"圣婴小道"，从而使她成为被梵蒂冈册封的三位女圣师之一。而她生前纪录修道心路历程的传记《心灵小史》现在已经成为风靡全球的宗教文学作品。这间纪念室的正中供奉着一张圣女小德兰的彩色照片，只见她昂首静思，双眼透射出智慧与圣洁的光芒。墙角的录音机里同时播放着充满神秘色彩的音乐，让人感受到一种无比虔诚的宗教氛围。

圣叙尔皮斯教堂的内部空间非常大，所有光线均取自于顶层的彩绘玻璃窗，因此教堂内略显阴暗。在教堂里最重要的标志是一条金色的线，横贯教堂，延伸到教堂北侧的一座汉白玉方尖碑上。阳光通过窗户照在这条金属线上的不同位置，可以标出时间，作用类似于日晷。这条线在电影《达·芬奇密码》中被称为"玫瑰线"，在格林尼治被确定为本初子午线之前，国际上所设定的零度经线就是这根穿越圣叙尔皮斯教堂的玫瑰线。

我去圣叙尔皮斯教堂参观那天，正好教堂内举行一个宗教仪式。教堂内座无虚席，一位身穿红衣的主教在圣坛上讲话，观众席前言走着一群身穿白袍、手持蜡烛的唱诗班儿童，非常显眼，也为这座古老的教堂增添了几分鲜活与生动。

在巴黎，除了有许多著名的艺术博物馆外，还有不少特别的博物馆，巴黎下水道博物馆就是其中一个非常有特色的博物馆。看过电影《虎口脱险》的朋友们一定还记得这样一个精彩的情节，几位抵抗组织战士在巴黎的歌剧院刺杀纳粹军官失败后，从街边的一个下水道井口进入了复杂如迷殿般的地下世界。在高大、宽敞得如同隧道般的下水道内，他们划着小船从容地逃生了。

而在电影《悲惨世界》中则多次出现过主人公冉·阿让背着革命青年马吕斯在纵横交错、宛若地下迷宫般的下水道中与警察周旋、逃脱追捕的镜头。巴黎的下水道简直就成了这个城市的一景。于是，我在周末休息期间，特地去参观了这样一个特殊的地下景观。

巴黎下水道博物馆位于塞纳河上的阿尔玛桥畔，乘地铁 RER 的 C 线在 Pont de l'Alma 站下即到。不过这里没有显眼的建筑，如果不细心很难找到。但在桥头有一块巨大的蓝色指示牌昭示着博物馆的位置,就在其后有一个很不起眼的售票亭,我掏4.3欧元购了门票后(这也是我在巴黎第一次掏钱买博物馆门票),即可从旁边狭窄的旋梯进入地下6米的深处的下水道内。

刚进入下水道那一瞬间,一阵扑鼻的腥臭味和浓浓的湿气扑面而来,我的眼镜立即变得模糊,同时耳畔传来阵阵哗哗的流水声。在昏暗的灯光下,眼前就是电影中所见过的下水道的真实场景。只见半空中纵横交错着多条粗管子,地面被致密的金属网罩所覆盖。透过细小的网眼能够看到混浊的污水在地下流动。可以想见,如果没有金属网罩保护,人很容易掉进污水沟内。很难想象电影中划着小船在污水沟内缓行时,究竟是一种享受还是一种煎熬。下水道内有多幅图片和文字对巴黎的地下排水系统进行了详细的解说。

目前我所参观的巴黎下水道系统是由一个名叫欧仁·贝尔格朗的市政工程师于1850年设计并建造的,地下排水道总长居然达到2100多公里,每天能排放120万立方米的污水。经过多年的改造,眼下这套地下水道系统已经由先进的电脑控制,对废水来源、流量进行控制并净化。而且下水道内还有独立的照明、通风设备,可谓是一个卓越的地下市政工程的典范。我在下水道内走了很长一段,最后实在受不了里面的气味,只得退却了。不过,我也终于体验到《虎口脱险》中那段地下水道内逃生的故事不是那么好玩的了!

从下水道博物馆出来沿塞纳河一直往西南方向走不多远,即到了埃菲尔铁塔脚下,过耶拿桥就到了夏悠宫(Palais de Chaillot)。

我发现，在夏悠宫前面的广场上是观看埃菲尔铁塔的绝佳场所。这里正好是俯瞰埃菲尔铁塔的最佳位置，整个铁塔的基座和整个塔身都可观察得一清二楚。而且红赫色的铁塔塔身与周围绿色草坪形成鲜明的对比，彼此相互辉映，更衬托出埃菲尔铁塔的宏伟壮观。

三十、紫色的诱惑：去普罗旺斯感受浪漫的薰衣草（一）

久违了，各位"驴友"。

约有一个多月没有在此发表我的留学手记了。这段时间正好回国述职，一方面参加学生的毕业论文答辩，另一方面对我负责的一个国家项目进行验收准备工作。

回想起在法国巴黎的日子，虽然生活平淡，纵有千般不好，但万事都按规矩办。一切基本有序，生活得很有规律，而且也能够静下心来思考学术问题，凝练科学精华。正是得益于上半年在法国清静、单纯的学术环境，让我能够专心撰写出了一份精彩的国家自然科学基金申请书，从而一举中标。今年是国家自然基金政策实行重大改革的第一年，项目的金额大幅提高，执行期限也由三年增加到四年。因此，申请难度加大，而我的申请能够在此严苛条件下获批，真的要感谢在法国这段心静如水的时光。

法国是老牌的资本主义国家，发展已进入了一个既定的轨道。而中国却是兴新的发展中国家，快速的变革让我们不得不面对更多的挑战，当然这其中也孕育着无穷的机遇。作为国人，我们不得不去面对它们。

还是回到旅游这一正题。时光进入7月，正是法国人外出度假的黄金时间，人人都无心工作，整个实验室沉浸在一片休闲度假的气氛之中。7月14日是法国的国庆节，1879年的这一天，巴黎人民攻陷了象征封建王权统治的巴士底狱，建立了法兰西第一共和国。在每年法国国庆节这一天，在香榭丽舍大街要举行盛大的阅兵；今年由时任总统萨科齐主持阅兵仪式。如果去香街，说不定还能见他一面。

不过，我无法凑这个热闹了，因为7月中旬正是普罗旺斯的薰衣草盛开的时节，我将利用这个难得的全国假期去体验那一种法兰西特有的无比浪漫的情调。吸取了以往跟团游的种种劣处，这一次，我们的旅行采取了集体自驾游的方式来进行。

以前在六大有一位中国同事调到里昂一大去工作，由于他有法国的驾照，从里昂租车前往普罗旺斯地区也非常方便。于是我与实验室的另一位中国同事决定乘TGV前往里昂，与他汇合再一起驾车出游旅行。我们的线路设计是里昂→奥朗日（Orange）→ Sault 小镇→蒙彼利埃→阿尔勒→泉水城（Fontaine de Vaucluse）→ Valensole 小镇→阿尔卑斯山脚的 Thône 小镇→依云小镇（Evian）→安纳西→里昂。全程四天，共行驶一千六百余公里。

因为临近国庆假期，TGV的车票非常贵。我们通过网上购票，选择了7月12日去、16日回的便宜车票，去程49.5欧，回程是40欧，这样也预留出了休息时间。

7月12日中午,我们从巴黎出发时,天空正淅淅沥沥地下着小雨,天气也格外阴冷。当我到达巴黎里昂火车站时,车站顶篷到处漏水,弄得我一身湿,心中暗骂法国简直不像个发达国家。登上双层 TGV 高速列车,两个小时整就达到里昂 Part Dieu 车站,此时里昂的天气格外闷热。在里昂工作的同事来车站接我们,在他家稍事休息并吃了午饭,我们就出发了。

我们所租的车是 Nationale Citér 公司的一辆雪铁龙 C4 两厢柴油车,4 天的租金为 203 欧。从里昂出发走高速,沿罗纳河行驶,历时约 3 个小时就到达普罗旺斯省的北大门——奥朗日市,我们住在市郊的 F1 连锁酒店。说实话,法国的住宿性价比实在太差,40 欧一晚的双人间条件很差,甚至不及中国的地方小旅馆。

我们乘着傍晚的最后一丝光亮,驱前往离奥朗日约 20 公里外的一个叫 Vaison-la-Romaine 的古罗马小镇。由于法国南部在公元前被罗马帝国所统治,因此这里的许多大小城市均保持了完好的古罗马建筑格局和众多的遗迹。

我在来法国初期曾去过的蒙彼利埃、尼姆和阿维尼翁,目睹了这些城市所有的古罗马时期历史建筑。而此次我们将去的奥朗日、阿尔勒(Arles)等普罗旺斯省所属城市也都是古罗马式的城镇。不过 Vaison-la-Romaine 却是一座别具特色的古罗马式小城镇,建在山坡上,古朴的老建筑错落有致地分布在半个山坡上,山脚下一条小河环绕而过,是典型的世外桃源式的小镇。

当我们到达时,天已经擦黑。华灯初上,昏黄的灯光将小镇笼罩在朦胧的氛围中。看着街两侧无数的店铺、餐厅和旅馆，可以想象这里的白天是多么的商业化。而此时如织的游人已经散去，我们在此享受着难得的清静，不知不觉中就已经到了晚上10点钟。为了赶第二天的行程，我们不得不回旅馆休息了。

第二天一早起床，发现天色阴沉，似乎山雨欲来。我们首先驱车前往奥朗日，我们幸运地乘大雨来袭之前，游览了奥朗日的古罗马遗址。奥朗日最著名的古罗马建筑便是凯旋门。在法国有三座凯旋门，一座在巴黎，是拿破仑时期建造的新式建筑；另外两座分别在蒙彼利埃和奥朗日，都是公元前一世纪的古罗马时期建筑。位于奥朗日的这一座凯旋门是为纪念凯撒大帝在普罗旺斯地区获得战争胜利而建造。建筑物表面刻满了描述凯撒大帝率军作战的壮观场面，不过这座凯旋门被破坏得很严重。

城区内道路狭窄，小巷纵横，古老的教堂与风格独特的小楼交相辉映，令人充分感受到这种古罗马城市的独特氛围。随处可见的商铺、餐馆井然有序地分布在古老的街区中，丝毫也不破坏这种古色古香的氛围。我不由得感叹法国人对古迹的保护真是做到家了。

随着大雨来临，我们匆匆驶离了奥朗日，前往被薰衣草田所包围的Sault小村（索村）。

薰衣草是一种典型的香料植物，地中海周边的普罗旺斯山区有着最适合这种植物生长的环境。这里种植的薰衣草品质极佳，用其提炼的薰衣草精油被赞誉为"万用神油"，是芳香疗法中最古老、最传统的精油。在法国普罗旺斯省，薰衣草种植面积最大的地区有三处，一处是位于奥朗日东面的索村，另一处是位于 Aix-en-Provence 东北方向的神秘小镇 Valensole（瓦朗索勒），还有一处是位于古头城 Gordes 东面的小镇 APT（阿普特）。

我们首选的薰衣草观赏地 Sault 小村位于深山中的一处丘陵地带，要翻过几座山。可是，当我们的汽车驶入山间公路时，天上开始下起倾盆大雨，空中也电闪雷鸣。当我们到达 Sault 小村的时候，大雨丝毫没有停下的迹象。我们只能隔着车窗，看着村外那满眼紫色的田野。微微摇下车窗，一股浓郁的薰衣草香气扑鼻而来，这是我第一次感受到薰衣草的气息。但这一感受却是那样的模糊，因为大雨阻止了我们进一步体验这种新鲜的感观。

由于担心暴雨引发山洪，我们迅速驱车离开 Sault 山区，前往下一站——地中海海滨城市蒙彼利埃。在汽车行驶途中，我们经过了一个高山峡谷，风景非常不错，但却道路狭窄、陡峭、湿滑。我们的汽车在大雨中出了好几次险情，每个人都吓出一身冷汗。经过在山路上的艰难行驶，终于驶上了进入法国西南部地中海沿岸的高速公路。此时天气也完全放晴，经过雨水洗涤的天空变得湛蓝。

我们抵达蒙比利埃后，同行的一位同事去他曾经就读过的蒙比利埃二大见他原来的导师，我们则百无聊赖地在校门口等候。约一个多小时后，同事的约会终于结束了。我们再次驾车前往今天行程的最后一站，位于蒙彼利埃西北郊约 30 公里处的 Saint-Guilhem-le-Désert 小村。

这是一座隐藏在深山中的中世纪古镇，其得名缘于这里最著名的地标建筑——Saint-Guilhem-le-Désert 修道院。据史料记载，公元八世纪时，法国历史上第一位被神圣罗马帝国加冕的皇帝理查曼大帝封其表弟 Guilhem 为骑士。由于 Guilhem 能征善战，为理查曼大帝开疆拓土，而且还在国家遭遇外敌入侵的危急时刻，力挽狂澜，拯救了整个国家，从此在法国南部地区威名远扬。他退休后在此处建立了一个名为 Abbaye de Guilhem 的修道院，并吸引来无数追随者在此修行，修道院所在的这个村落也因此得名。

当我们进入这座村庄时天色渐暗，此时的 Saint-Guilhem-le-Désert 小村静静地躺在黛青色大山的怀抱之中。告别了白天的喧嚣，小村庄显得格外安宁。我们轻松地在狭窄的小巷中漫步，仔细观赏着这座美丽的小村庄，发现这里每一条街、每一间房、每一块石、每一片瓦都那么精致。整个小村庄到处都被鲜花点缀，每一栋建筑都有其独特的装饰风格，充满了文艺复兴时期的艺术美感。尤其令人新奇的是，这里家家门上挂着一种晒干的有刺菊科植物，据说是当地的避邪之物。

小村庄充满了无法用语言形容的质朴和美感，古朴却不破落，艳丽又不炫目。这座 Saint-Guilhem-le-Désert 小村已被列入世界文化遗产名录，被誉为法国最美丽的村庄之一，我看它当之无愧。在小村庄中彷徨了两个多小时，值到天色全暗，我们才依依不舍地离开这里。

当晚，我们住在蒙彼利埃郊外的一个名为 Premiere Classe

Hotel 的酒店。因为吸取了前一天因房价太便宜而导致住房条件太差的教训,我们专门挑选了房价为 46 欧的酒店,没想到条件还是那么次,居然还要睡上下铺。真是体会到法国的物价太昂贵、旅馆的性价比太差了。不过由于旅途疲劳,我这一夜倒是睡得很安稳。

三十一、紫色的诱惑：去普罗旺斯感受浪漫的薰衣草（二）

在我们"南法薰衣草赏花之旅"的第三天，也就是法国国庆节这一天，终于迎来了久违的晴天。清晨，当我推开旅馆的窗户，耀眼的阳光射进房间，连天阴雨带给我的郁闷瞬间一扫而空。也就是在这一刻，当我打开电脑，从同事发来的电子邮件中，得知我申请的国家自然基金获得批准，突然间有一种"忽报人间曾伏虎，泪飞顿作倾盆雨"的感觉。

作为一名科技工作者，我切身体会到在中国生存环境的艰难。科研经费来源有限，又不得不面对工作单位对自己每年工作绩效的量化评价、考核。有时为了能够获得有限的研究经费，真的是所有手段无所不用其极。因为一笔为数不多的经费都会决定一位科研工作者的命运。在如此严酷的环境下，获知自己又获得了这样一个重要的科研经费支持，也难怪我会喜极而泣了。

今天将会有我们此行中最精彩的行程，因为我们终于能在晴朗的天空下，近距离观赏向往已久的薰衣草了。上午，我们首先驱车从蒙彼利埃前往阿尔勒（Arles）市。这里有数不尽的古罗马遗迹，整个小城仍然完整地保存着古罗马时代的城市格局。清澈的罗纳河穿城而过，给这座小城增添了无尽的生机与活力。

阿尔勒最著名的古罗马遗迹要数那座巨型的古罗马剧院，虽然残破不堪，但即使是那残垣断壁，也给人一种压迫式的宏大感。而相隔不远的圆形竞技场则更加壮观，令人感受到法国南部地区最具风采的一面。阿尔勒小城的中心是共和国广场，广场中央高耸着一座古老的方尖碑。雄伟的市政厅大楼屹立在广场的北侧，而广场南侧则是散发着中世纪韵味的圣特罗菲教堂，教堂内那精致优美的回廊令人流连忘返。

提起阿尔勒这座小城，常常与另一位名人连在一起，那就是荷兰画家梵高。虽然梵高仅仅在此生活了3个月，但法国南部那明媚的阳光，成就了梵高画作中少有的灿烂金色主调。那金色的麦田、金色的向日葵场景都来自于阿尔勒小城郊外的风光。而梵高在阿尔勒居住最久的地方——医院，如今已经成为梵高拥趸者最趋之若鹜的地方。可是，我们找了很久也没找到这个地方。不过，我们也有意外的收获，我们没有机会亲眼目睹香榭丽舍大街的法国国庆大阅兵仪式，却在阿尔勒观赏到了一场小规模的阅兵场面，不仅见识了法国工程兵的战斗车辆，而且也看到了那些参加阅兵列队士兵的滑稽可笑，当然与我强大的人民解放军无法相比了。

由于行程紧迫，我们没在阿尔勒过多停留，便很快驱车前往下一个目的地——泉水城（Fontaine-de-Vaucluse）。

汽车离开阿尔勒市区，沿乡间公路向阿维尼翁方向行驶，从车窗向外望去，法国南部的乡村风光迷人而又精彩。突然间，前方的田野中出现了一大片向日葵。我们赶紧停车，下车欣赏这难得一见的美妙景致。如此一大片橙色向日葵，在远方那让人心醉的湛蓝天空和令人痴迷的绿色原野的映衬下，产生强烈的色彩对比，所散发的艺术气息浓烈得让人眩晕。怪不得梵高在阿尔勒居住期间，有多幅画作都是以向日葵为题材。其实，法国人很喜欢用向日葵作为观赏花卉。我想，也正是因为它那冲击眼球的色彩中，蕴含着一种对美好生活的炽烈追求。我们尽情地在种植着向日葵的田野边奔跑、拍照，希望把这美好的景观永远留在记忆中。

自驾游的一大好处就是移动迅速自由和随性，我们可以将汽车随心所欲地驶往任何我们感兴趣的地方。在去泉水城的路上，我们就驶入了一条乡间小路，没想到有了意外的收获。当我们无意间向车窗外望的时候，发现小路左侧的树上结有一些红黄色的小果子，停下车来一看，原来是李子杏。随手从地下捡起成熟的果实放在嘴里一咬，竟然是那么的甜美多汁。于是我们不顾一切地边摘边往嘴里填，不一会儿就吃个半饱，外加带走一大包果实的额外收获。

当我们到达泉水城的时候已经是下午时分。我对泉水城的第一个印象，就是那一条极富色彩感的小河。河水清澈见底，水底下长满了茂密的翠绿色水草，在午后阳光的映照下，水里呈现出一种魔幻般的碧绿色。这里简直与我国的九寨沟风光有异曲同工之妙。

泉水城位于法国南部 Vaucluse 省的东部，紧邻 Aix-en-

Provence。这里碧水流淌、青山环绕，真可堪称是世外桃源。尤其在这盛夏时节，我们悠闲漫步于葱翠的山林之间，伴随着轻快的流水之声，惬意、舒畅之感，简直妙不可言。由于河水全部来源于附近山涧里的泉水，水质极佳，且冰凉刺骨。我们将啤酒饮料放入河水中稍镇片刻，便已变得冰冽爽口了。为此，我们特地在泉水城的小河边搞了个野餐会。

离开泉水城，我们便直奔今天的主要目的地——薰衣草小镇Valensole。这是一座位于普罗旺斯省东部的神秘小镇。整个小镇建在一座小山丘上。山丘的顶端屹立着一座哥特式教堂，被沿着山坡建造的红顶房舍簇拥着。从远处望去，整个山丘被一片深浅不同的红色所覆盖。小镇里蜿蜒曲折的羊肠小道一直通向丘顶和镇外，而狭窄的街道两旁挤满了普罗旺斯最传统的农舍。当我们到达小镇外围时，沿着陡峭、狭小的街道，费了好大的劲才将汽车驶入小镇中心。

可是，当我们站在镇中最高处向四周的田野望去，连个薰衣草的影子都没见到，只得沿小路回到位于公路边的小镇广场。这里是 Valensole 小镇的老人们聚集的地方，他们或在咖啡馆门口、或在道路两旁抽烟闲坐。我们在一家面包店打听了一下才知道，薰衣草田位于 5 公里以外的地方，于是我们急忙驱车前往。汽车驶入另一条公路不远，只见一大片紫色植物漫布在公路两侧的田野中，终于见到了心仪已久的薰衣草。

这里的薰衣草种植面积非常大，薰衣草花蕾和花瓣那特有的紫色伴随着地势的高地，宛如深紫色的波浪层层叠叠地上下起伏着，一直向远方延伸，显得格外壮观、新奇。阵阵浓郁的花香袭来，让人有些透不过气来，甚至感到头晕目眩。这是我平生第一次见到如此奇特的花卉植物景观，不由得让我深入到种植着薰衣草的田野中，近距离地接触这神奇的植物。

薰衣草，法语称为 Lavande，地中海沿岸湿润的气候和法国南部山区昼夜温差较大的天然环境非常适合这种植物的生长，所以才会有如此大面积种植薰衣草的壮观景象。不过，我听说日本北海道也是种植薰衣草的好地方，那里的薰衣草田野更加宽广，一望无际得震撼人心。我将自己沉浸在薰衣草田间，尽情享受这种奇特的植物带给我的愉悦，体验这一种从未有过的浪漫情怀。

不过，薰衣草的花香气味却令我有些不适。对我个人而言，薰衣草花的香气并不是那种令人愉快的味道，而且过于强烈和浓郁，如麝香一般。原来，薰衣草的叶和茎上的绒毛均藏有油腺，轻轻碰触油腺即破裂而释放香味。因此，这种植物是最常用来制造植物花卉精油的。薰衣草精油被认为是人类最古老的植物精油，它能够治疗灼伤、晒伤，促进细胞再生，平衡皮脂分泌，修复疤痕，可调理保养任何人类皮肤。而且还能帮助睡眠，治疗失眠，解除忧虑，安抚心灵。在欧洲人眼里，它简直就是一种"神油"。

其实人类赋予薰衣草更多的是精神层面的内涵，它代表了爱情和思念，象征着纯洁和天真。传说古代欧洲男人出远门时，心爱的姑娘都会在他的随身携带的衣服中藏一株薰衣草。当他们再次相聚的时候，看一看薰衣草的颜色，闻一闻薰衣草的香味，就可以知道心爱的人有多么爱你。

薰衣草这种紫色的小花代表的是一种依恋、怀旧的情结。它没有玫瑰那样浓烈的情绪，也不像百合那样淡然。怎样都抹不去的，是那种风过后还留在心中的香。

我站在 Valensole 小镇外的薰衣草田里，纵情地张开双臂，迎接着在广袤的田野里那一束束绽放的紫色小花。让那些茂密的小花束连接成大片大片的紫，和着飘在空中的香，永远保留在自己的记忆中。

暮色中，我们依依不舍地驱车离开。然而，我们的衣角却依然留有薰衣草的香气，带着一种深远的忧郁，传递着远隔万水千山的思念。

三十二、走近阿尔卑斯

我们此行"南法薰衣草赏花之旅"的最后一站,是前往阿尔卑斯山脚下的迷人小镇安纳西。其实安纳西已经不属于南法,而是位于法国西部的法瑞边境处,离瑞士的日内瓦很近。我们从普罗旺斯驱车过去有近 500 公里的路程,这注定今天将是一段艰苦的行程。

清晨,在最后望一眼 Valensole 小镇外的薰衣草田野后,我们便沿着法国中央高原的公路一直向西北方向行驶。汽车翻山越岭,沿途的高山峡谷风景非常不错。一路走,一路欣赏着法国西南部山区隽美的风光,倒也不觉得疲倦。

临近傍晚时分,我们的汽车进入了阿尔卑斯山区,地势变得险峻,远处被白雪覆盖的勃朗峰依稀可见,而周围的风景更加迷人。我们的汽车在经过曾经举办过冬奥会的阿尔贝维尔市后,抵达了当天的下榻地 Thônes(托讷)小镇。由于安纳西是著名的旅游城市,又正赶上法国的节日长假,住宿非常紧俏。于是我们选择了这座离安纳西仅十几公里远的小镇作为当晚的住宿地,没想到却有了一个意外的收获。

当我们驱车翻越阿尔卑斯山脉的崇山峻岭,进入位于Thônes时,发现这是一座格外迷人的小镇。小镇位于阿尔卑斯山的一个峡谷之中,四周被苍翠的高山环抱。小镇的入口处是一座古老的教堂,一条主干道两侧商铺林立。街道上挤满了游客,显得异常繁华。小镇里的建筑非常有特色,都是那种有着红色斜房顶的二三层小楼,而且邻街的阳台上布满了五颜六色的鲜花,使整个小镇充满了无限的生机活力。我们在Thônes小镇中心的旅馆内安顿好住宿后,再次驱车前往著名的矿泉小镇依云(Evian)。

传说出产自依云的矿泉,来自阿尔卑斯山的高山融雪和山地雨水,经过在山脉腹地长达15年的天然过滤和冰川砂层的矿化才形成,因而依云矿泉水获得了一种独特的矿物质均衡,饮用后对人体非常有利。

在国内,一瓶500毫升的依云矿泉水要卖二十几块,不过在法国倒不是什么稀奇物。从地图上看,我们所住的Thônes小镇不过区区几十公里。所以,我们决定乘着离天黑还有一段时间的空当,前往这座久负盛名的镇上一游。然而上路之后,我们才发现这个决定有些草率,因为一路过去的山路实在太险了。如果真的到了依云,那么回程的时候,要在完全天黑的情况下走这样的山路,恐怕有危险。所以,我们只把车开到日内瓦湖边,草草欣赏一下晚霞映照的日内瓦湖,便匆匆返回了。

第二天一早,我们便驱车直奔安纳西。由于安纳西是著名的旅游城市,市内停车位非常紧张。所以,我们只得将车停在市郊边上,步行进入市区。好在安纳西很小，从市郊徒步进入市区最多也就半小时。而且著名的安纳西湖就在小城的边缘，美丽的湖光山色从我们停车处开始，就一直伴随着我们。

由于安纳西湖位于阿尔卑斯山脚下，湖水均来自阿尔卑斯山冰川融化后的积蓄，因而被誉为全欧洲最纯净、最清澈的湖泊。安纳西湖呈狭长形，绵延15公里，湖山如翡翠般碧蓝耀眼，如同一块明镜镶嵌在黛青色的群山之间。安纳西小城因为有了安纳西湖而有了灵性，有了生机。我们一边在湖畔漫步，一边欣赏湖面远方的点点白帆和近处嬉戏的天鹅和野鸭，或眺望远处连绵起伏的阿尔卑斯山脉，感觉心情无比舒畅。

不知不觉中，就走到了安纳西市区边，只见一条引自安纳西湖的人造小河蜿蜒进入市内。河水依然清澈，河中天鹅自由嬉戏，河上石桥错落有致，潺潺河水流淌，流过闸坝再泻向河中形成瀑布，如竖琴在艺术家的手指滑动下不间断地流出爱的乐章。河两岸被绿草繁花所装饰，老城区的主要建筑物大都建在这条人工河的两侧。这些老式楼房依然保持着中世纪的风貌，而城区内古老的石板路将游人引向小城深处。

不过，最热闹的地方莫过于沿河畔的小街，街道两侧密密麻麻地分布着露天咖啡馆、纪念品商店、旅店和餐馆。而楼房的拱廊前，阳台和过河的桥头上种满了鲜花。在进入小城的河道中央，有一个锥形的小岛，岛上有一座小巧的宫殿式建筑。这座被称为勒利宫的建筑始建于十二世纪，是安纳西小城最具标志性的古建筑物，这里最早是安纳西地区番王的王宫,后来改作为监狱。站在桥头眺望这一小岛,颇有情趣;而周围的古城小巷,则是一片斑斓色彩。

可能是正值节日旅游高峰的缘故,安纳西这一祥和恬静的世外桃源也不能免俗,眼下也是游人如织。街道、商店塞满了各国游客,熙熙攘攘,感觉有点像国内旅游热点城市丽江的感觉。不过,这些操着不同国家语言的游客与老城区的小街、流水、鲜花构成了安纳西老城独特、浓烈的旅游景观。我们在拥挤的人潮中逛累了,便沿老城主要街道一路上行。在高坡的尽头是古老的安纳西堡,这同样是安纳西的标志性古代建筑。

站在古堡的围墙边,可俯瞰整个安纳西古城的全貌。只见小城内红色的斜屋顶、绿色的教堂尖顶与远处的黛青色高山和碧蓝色湖水相映成趣,构成了一幅绝美的人间仙境图画,令人回味无穷。

安纳西是我们此行的终点,这座依山傍水的美丽小城给我留下了极深的印象。我去过日内瓦和洛桑,虽然那里的湖光山色已非比寻常,但安纳西的风光却更胜一筹,我也更喜欢这里。怪不得法国的大思想家卢梭在他的名著《忏悔录》中写道:"我的心灵是安纳西的流水荡涤至净,正好忏悔。"离开安纳西后,我们一路驱车狂奔返回里昂,然后赶当晚的TGV列车返回巴黎,结束了浪漫的"南法薰衣草之旅"。

第六章

透过欧洲看法国

三十三、欧洲诸国印象记

屈指一数,我在巴黎的留学生活还有两个多月就该结束了。所以,尽管学习、工作、旅游繁忙,还是要坐下来写上几笔,给关注我的"驴友"们一个交代;另外也汇报一下这两个月来我的行踪。

自从进入 7 月中旬,法国的高校就陆续开始放暑假。教师、学生也都毕业的毕业、度假的度假,我们的实验室也渐渐冷清。自从我的老板 Alian 宣布自己要去美国度假后,我便暗暗开始准备自己的旅行计划。我的旅行日程是从 7 月 28 日开始,先赴捷克旅行 6 天,走过了布拉格、库特纳霍拉、卡罗维发利、百威啤酒的故乡布杰约维采、美丽的 CK 小城。

然后乘从布拉格乘火车到了波兰的克拉科夫,参观了古老的瓦维尔堡;并探访了原纳粹德国的奥斯威辛集中营旧址,受到了震撼心灵的教育。接着从克拉科夫乘火车到了华沙,在那里我游览了华沙老城区,瞻仰了居里夫人的故居和安葬着肖邦心脏的圣十字教堂。

这之后又从华沙乘火车到了德国的柏林;游览了柏林市后,继续乘德国的 ICE 高铁列车南下到慕尼黑。不仅领略了古老与现代交织的慕尼黑城市风光，还从慕尼黑去了新天鹅堡、国王湖，并顺便到奥地利的萨尔斯堡一游。

最后于 8 月 15 日从慕尼黑乘 ICE 高铁列车回到巴黎。这一趟走下来用了整整 18 天，每天暴走，都快把这几大国家城市的马路给压平了，可把我累坏了。

回到巴黎后，我修整了 5 天，稍稍恢复了体力。然后又于 8 月 20 日开始赴西班牙和葡萄牙旅行。我首先从巴黎飞抵葡萄牙的第二大城市波尔图，玩了两天之后，乘火车至里斯本。用 3 天的时间游历了里斯本、辛特拉、罗卡角和卡斯卡伊斯。然后乘长途汽车至西班牙的塞维利亚，游历了安达卢西亚自治区的三颗明珠：塞维利亚、科尔多瓦和格拉纳达。再乘长途汽车到马德里，用了 3 天半时间游览了全市及周边的塞哥维亚和托莱多。最后到达巴塞罗那，在那里玩了两天半，于 9 月 4 日晚上飞回巴黎。这趟西、葡之行又整整花了 16 天时间。

当我回到学校的实验室时，见我的老板及其他同事早就开始工作了，我心中着实有些不安。本来是拿着国家的奖学金出来留学的，现在竟然成了"游学"，感觉有些愧对国家的资助。不过此次欧洲六国之行也极大地开阔了我的眼界，丰富了我的人生阅历。同时也真正全面了解了欧洲的文化、历史和风土人情。应该讲对我的精神生活而言，确实收获极大。

以前在法国时，总以为法国文化就代表了整个欧洲的文化，然而通过此次在欧洲多国的旅行，让我了解到每个欧洲国家，不论大小，都有其独特的历史文化特色和丰富多彩的人文风情。借此机会，也来对我此次旅行作一个概括总结。

首先来点评一下我抵达的第一个国家捷克，其首都布拉格那极富韵味的美感简直出乎我的意料，把布拉格称作欧洲最美的首都一点都不过分。密密麻麻分布在伏尔塔瓦河两岸的古老建筑，就如同一座生动的建筑博物馆。在如此狭小的空间内，排列了如此众多风格各异、五彩斑斓、鳞次栉比的中世纪建筑物，令人目不暇接，那种美几乎让人窒息。

库特纳霍拉的人骨教堂里，由堆积如山的头盖骨和骸骨组成的各种装饰则给人一种震撼的恐惧感。而温泉小城卡罗维发利则处处散发出优雅、婉约的气息。来这座小城游览的游客，人手一把温泉小壶，边呷着不同池中的温泉，边欣赏美妙的风光。在这里，原来温泉也是用来喝的。

CK小镇的美就更加闻名遐迩了，整个小镇游人如织，简直成了捷克的一张名片了。当然我这个酒鬼还特意去了一趟百威啤酒的故乡布杰约维采。原来百威啤酒不是美国原创的，而是一个有着百年历史的捷克品牌。百威本身就是杰约维采这个地名的德文发音。只是后来美国人以欺诈的手段买走了该品牌，现在捷克人根本不予承认。所以杰约维采仍然生产正牌的百威啤酒，参观百威啤酒厂，痛饮最正宗的百威啤酒，让我爽极了。

捷克之行还让我了解到，捷克人的人均啤酒年饮用量排世界第一位，把号称世界啤酒大国的德国给干下去了。而且捷克的啤酒确实好喝，比我后来在德国喝到的要强。

波兰对我来讲是一个非常陌生的国度，对它的了解也仅限于"卡庭事件"、"团结工会"。这次到访波兰之后，我对它的印象有了180°的大转弯。原来波兰人民是那么热情、诚实、友善、乐于助人，而且人们的素质极高，城市环境也干净整洁，比法国不知道要强多少倍。

克拉科夫作为一个千年古城，在二战中幸免于德军的狂轰滥炸，至今仍然保持着非常古朴典雅的历史风貌。雄伟壮观的瓦维尔堡屹立在宽阔的维斯瓦河畔，整座城市充满了深厚的历史文化韵味，而且也比捷克的城市显得更大气。

位于克拉科夫以西约80公里处的奥斯威辛集中营旧址，则给人一种难以名状的沉痛感。当我置身于这一昔日流水线杀人工厂之中，目睹那一幕幕触目惊心的画面，多少次不知不觉中泪水将衣襟打湿。

波兰首都华沙则和我生活的北京有几分神似，宽阔的大街、高大的建筑、整洁的环境，颇有大国首都的气魄。而在二战后重建的老城区内，充满历史韵味的"老建筑"让人回味出这个灾难深重国家的悠久历史。在华沙，我还特地去瞻仰了我崇敬的"校友"居里夫人的故居，它就位于华沙老城区一条古老街道旁的一栋二层小楼内。在那里，我看到了居里少女时代的许多老照片，原来她曾经是那么清纯、天真烂漫，是个人见人爱的小姑娘。

我还发现，波兰人的音乐素养极高，即使街头的卖艺人都表现出很高的水准，比巴黎街头卖艺人的水平不知道强多少倍。我曾在克拉科夫街头看过一对兄妹在拉小提琴卖艺。他们娴熟的技法和对作品充分的理解完全可以与大乐团的一提、二提相媲美。他们当时正在演奏萨拉萨蒂的《流浪者之歌》，那悲怆哀怨、如泣如诉的弦乐声荡气回肠，在狭窄的街区内长久地回荡。我听得几乎入迷，久久不愿离去。

长久以来，人们提到东欧，都认为是"穷"的代名词，而我所见到的东欧（捷克、波兰）却是社会秩序稳定、人民幸福安康、公共道德良好的东欧，比起某些西欧国家真要强多了。尤其是波兰，给我留下了极度美好的印象。

从波兰首都华沙乘国际特快列车6个小时就可到达德国首都柏林，而在这6个小时中，竟有5个小时是在波兰境内行驶。柏林火车站是我所见过的设计最现代化、功能最齐全的大型综合交通枢纽。而柏林也是我在欧洲所见到的最具大国首都风范的城市。

不论是雄伟的勃兰登堡门、壮观的柏林大教堂，还是优雅婉约的菩提树下大街、见证历史时刻的国会大厦，每一处城市景观都透视出柏林深厚的历史文化底蕴。二战中盟军的狂轰滥炸虽然炸毁了柏林的大多数历史建筑，但却不能摧毁德意志民族坚忍不拔的意志，重建后的柏林雄风依旧。

而冷战的标志柏林墙如今已经成为市民涂鸦的好地方。如果拿柏林与巴黎来比较，柏林是具有英雄气概的男子汉，巴黎则是低眉顺目的小女人。乘德国高铁ICE列车从柏林到南部巴伐利亚州首府慕尼黑，同样需要 6 个小时。ICE 显然是为身材高大的德国人设计的，舒适的车厢、宽大的座椅，即使是二等车厢也能给乘客一个非常值得回忆的旅程。不过我感觉车速可不快，每小时最多也就 150 公里。

在德国，慕尼黑之于柏林仿佛上海之于北京，但我没想到慕尼黑却是一座充满了历史古韵的文化名城。这座曾经是巴伐利亚王国首都的古城依然完好地保留了昔日的王宫、老教堂等古建筑。而传统的黑啤酒和烤猪肘子更是到访者必尝的德意志特色食物。我还专门到希特勒曾发表过演讲的 HB 皇家啤酒馆品尝了这道特色菜。

来慕尼黑后，另一个必去的重要景点则是位于富森小城的新天鹅堡。当我亲眼目睹了这一耗尽了巴伐利亚王国最后一个国王路德维希二世毕生心血的建筑，真的是如童话般的浪漫、典雅、美丽，足以打动任何人。

离慕尼黑约 3 个小时火车车程的贝希格斯加登国家森林公园是巴伐利亚州壮美河山的最佳写照，这里的国王湖、耶拿峰，还有无数个被森林、鲜花和草甸环抱的村庄，小桥流水般的世外桃源风光让人无比的迷恋。我也深深地体会到巴伐利亚州的乡村风光，虽然没有瑞士的那样精致、小巧，却更加宏大、壮观，亦不失秀美。

绝对难以想象从德国的贝希格斯加登市只需乘公交车便能到奥地利日萨尔斯堡。于是在我去国王湖的途中顺便又到访了一个新的国家。萨尔斯堡是一座非常美丽的山城，这里因为诞生了世界著名的音乐家莫扎特而更显得地位崇高。其实这座小城本身也非常古朴、典雅，到处充满了浪漫主义的特色风情。

我在萨尔斯堡还有另一大收获，那就是参观了奥地利著名的Stiegl啤酒制造厂。虽然我以前从来没听说过这个牌子的啤酒，不过这次却让我一次喝了个够。我参加了饮啤酒比赛，在3分钟之内喝下三大扎Stiegl啤酒，最后还赢得了一个漂亮的啤酒杯。

三十四、伊比利亚半岛的巡游记

我的西、葡之行是从葡萄牙第二大城市波尔图开始的。这是一座充满了历史沧桑感的城市，到处是破旧的古建筑，置身于此就仿佛回到了中世纪的欧洲，而波尔图的葡萄酒则给我留下了深刻的记忆。它虽然没有法国葡萄酒那样出名，但却更醇厚、更浓郁，饮用后让人久久难以忘怀那种香醇的滋味。

在葡萄牙首都里斯本，我终于被人偷了钱包。都说欧洲的治安不好，没想到我一路小心，竟然在葡萄牙"晚节不保"。不过这并没有影响我在里斯本游览的心情。里斯本是最能体现葡萄牙作为航海大国昔日辉煌的地方，而且也同样充满了悠久历史的积淀。

里斯本近郊的辛特拉则是一座美丽、浪漫的山城，这里的佩纳宫同新天鹅堡有异曲同工之妙。而在罗卡角这一欧洲大陆的最西端，人们则能感受到亲临天涯海角的滋味。在葡萄牙旅行最大的感觉就是那种震撼心灵的历史沧桑感，曾经有着辉煌历史的航海帝国，如今衰落到这种地步，令人唏嘘不已。

我从里斯本乘了7个小时的长途汽车去西班牙，首先到达的是安达卢西亚自治区的首府塞维利亚市。也就是从那时起，我就深深地被西班牙那浓郁的伊比利亚民族特色风情所倾倒。我多次迷失在塞维利亚那迷宫般的小巷内，然而就是在这小巷纵横的街区内拥有全世界第三大教堂——塞维利亚大教堂，发现美洲大陆的著名航海家哥伦布的遗体也葬在这座教堂内。也正是在塞维利亚，我感受到西班牙历史文化积淀之深厚。

科尔多瓦虽然与塞维利亚有许多相似的地方，但这里却充满了阿拉伯的风情。摩尔人统治时留下的大清真寺依然矗立在热闹的街区中与基督教堂为伴，向人们昭示着伊斯兰文明曾经在此的辉煌。而塞万提斯下榻过的小旅馆依然保持着当年的陈设。在科尔多瓦的小巷内找一家小酒馆坐下，点一杯啤酒，热情的服务员会送上一份西班牙称为"塔巴（Tapas）"的下酒菜。在细细品味西班牙深厚历史文化的同时，感受独自旅行的乐趣。

到访格拉纳达完全是因为大学时代听过的那首吉他名曲《阿尔罕布拉宫的回忆》，从那时起就对这一传说中的阿拉伯宫殿充满了幻想和向往。终于有机会亲眼一睹阿尔罕布拉宫，我实在无法用语言来形容那种绝美的建筑艺术，仿佛是施了魔法的宫殿，美得让人窒息。这里曾经是摩尔人在伊比利亚半岛最后的据点。然而历史喜欢捉弄人，在统治伊比利亚半岛600多年后，摩尔人终于在收复失地运动的狂潮中离开。只留下那昔日的王宫，独自在荒凉的山丘上忍受寂寞。夕阳下，当我站在尼古拉斯 望台远眺阿尔罕布拉宫的时候，什么叫"人去楼空"？那种凄美、忧伤的感觉尤为深刻。而收复失地的民族英雄伊莎贝拉女王也在格拉纳达终老一身，她的遗体就安放在格拉纳达大教堂的附属皇家礼拜堂内。

我从格拉纳达乘了5个多小时的长途汽车才达到马德里。作为西班牙王国的首都，马德里具有皇家的高贵气质和雄伟气派。市区内宏伟高大的建筑比比皆是，这些建筑可不是现代化的高楼大厦，而是装饰着精雕细琢的精美浮雕的古建筑。

马德里皇宫虽然是从凡尔赛宫"山寨"而来，但却有青出于蓝而胜于蓝之妙。作为绘画艺术之都的马德里，普拉多博物馆和索菲亚王后艺术中心展览着大量名家油画精品。而在几座皇家修道院内，也因为收藏了名家之作成为绘画艺术的殿堂。马德里有太多可看的东西，值得久待。

而距离马德里约一个小时车程的古城塞哥维亚和托莱多更是必游之地。我从网上查了一下，吃惊地发现西班牙的世界文化遗产数量曾经是全世界最多的国家，前年才刚被意大利超过，排到第二位。目前西班牙总共有43处位列世界遗产名录之中。很难想象只有中国一个省那么大的国家，竟然拥有如此丰厚的世界遗产。塞哥维亚和托莱多这两座古城均被列入世遗，显然它们有着非常独特的历史文化气质。

我感觉西班牙的世界文化遗产真的是实至名归，比法国的强多了。就拿塞哥维亚来讲，整座城市入选世界遗产名录，而城中的那座古罗马引入渠，其巨大的规模及精巧的程度一点都不输给法国的加尔桥。可法国的加尔桥和阿维尼翁城的那座桥居然单独就是一个世界文化遗产,真有些名不副实。

我在西班牙旅行的最后一个城市是巴塞罗那,这座颇具海派风情的城市让我备感留恋。不论是那诸如圣家堂之类的高迪建筑艺术作品,还是出现在夜晚的神奇喷泉,还有那风情万种的海滩和我酷爱的巴萨足球队,都让人无限痴迷。当夜幕降临,街头餐馆的海鲜饭和小酒吧内表演的弗拉门戈舞蹈,更使人感觉"梦里不知身是客"。极万众宠爱于一身的巴塞罗那,让我魂牵梦萦。当我离开巴萨的那天,我特地来到拉兰布大街的许愿池旁,深情地饮下一大口池水。正如《流星花园》中主人公所讲,谁如果饮下这许愿池的水,他将重返巴塞罗那。

西班牙的历史文化景观之丰富,是我先前始料不及的,虽然在那里旅行了12天,但看到的只是一点皮毛,后悔没有再多安排些日子。如果真的要全面了解西班牙,非得有几个月的时间旅行不可。

长途旅行归来,身体的疲惫在所难免,但心灵却异常充实。当然,又欠下大家一大堆的游记账。按照我个人的风格,我会一笔一笔还清的。

三十五、发掘你所不知道的巴黎

结束了为期 16 天的在意大利深度旅行，终于平安地回到巴黎。

又是在一阵忙碌中度日，转眼就进入了 11 月份，我为期一年的留学生活进入了尾声。除了忙于学校实验室的收尾工作，我也去了大使馆教育处办理好归国手续，归国航班的启程时间确定在 11 月 28 日。我在巴黎的留学生涯也进入了倒计时阶段。此时的巴黎，很少见到太阳，每天早上出门上班时，都面对着阴郁的天空，心情也格外沉重，现在真的非常不适合外出旅行了。

我在巴黎的旅游其实早已进入了拾零补遗阶段。现将最近两个月在巴黎的游览情况向大家汇报一下。自从到巴黎以来，一直没机会乘船游览塞纳河。而在 9 月 11 日中秋节这一天，终于有幸参加了使馆教育处组织的乘塞纳河游船赏月活动，从而也了却了我的一个夙愿。

经营巴黎塞纳河游船的有多家公司，其中最大的两家分别为 Bateaux Parisiens 和 Bateaux Mouches，船票价格从 8 欧至 12 欧不等，乘船历时约 50 分钟。我们所乘的是 Bateaux Mouches 公司的游船，据说价格比其他公司便宜一些，由于是团队游塞纳河，船票只要5欧一张，还是相当划算的。Bateaux Mouches公司游船的码头在塞纳河靠近阿尔玛桥（Pont de l'Alma）的北岸，乘地铁9号线和RER C线都能直接达到。

我们所乘游船的出发时间是晚上8:30，由于我提前到达，便在阿尔玛桥北岸边马路上闲逛，此时却有一个惊人的发现。原来，在阿尔玛桥北侧桥头前有一座被称为"自由之火"的青铜火炬雕像，我惊奇地发现在雕像周围及相邻的石台阶上摆满了鲜花和写有各国文字的纸卡片，上面隐约看到"Princess Diana"的字样。再一看周边，只见青铜火炬雕像的后方是一条立交桥的地下行车甬道，此时有许多小轿车从眼前的甬道内呼啸而过，这是多么似曾相识的场景啊。

突然记得13年前，曾经在电视新闻突发事件的报道中过见这样的画面。今天，我所站之处正是13年前戴安娜王妃车灾遇难的地方。当年当载着戴安娜王妃的汽车被小报记者追逐时，不幸撞上了这条地下行车道的立柱，这位极具传奇色彩的王妃顷刻间香消玉殒。如今在不经意间，我却再次光临这一曾经轰动全球事件的发生地，真不由得感慨万千。

斯人已驾鹤西去，人们并未因时间的消逝而忘却这位充满爱心的平民王妃，常年在这桥边放上一两支小小的鲜花以寄托哀思，这也许是对她最好的纪念了。

我们在晚上8:00准时登船。这是一种超大型的游船，船上密密麻麻地排两了座位，估算一次能乘近千人。游船在暮色中缓缓起航，先向东行驶，一路经过大、小皇宫，荣军院，亚历山大三世桥，杜勒丽花园，协和广场，奥塞博物馆，卢浮宫，巴黎圣母院等巴黎市的地标性建筑。在驶过圣路易岛后，再调头往回行驶，经过埃菲尔铁塔，到达格勒纳勒桥后，再调头返回阿尔玛桥附近的码头。全程行驶约50分钟。

平时虽然无数次在塞纳河边漫步，对周边的景点再熟悉不过了。但今天是平生第一次坐在行驶在塞纳河中的船上看两岸风光，却也别有一番风韵。尤其在这华灯初上之时，暮色中的巴黎给人一种神秘莫测的朦胧美感！尤其是埃菲尔铁塔，白天看起来像个丑陋的褐色钢铁怪物，当夜幕降临时披上华丽的彩灯，却显得异常光彩照人，与白天形成鲜明对比。

埃菲尔铁塔的灯饰还有特别之处，每当时间为整点之际，铁塔上的灯饰会发出闪烁的白光，如同繁天闪耀的星光，勾勒出铁塔矫健的英姿，真是太美了。

近一年来，我走过诸如伦敦、罗马、米兰、柏林、慕尼黑、日内瓦、维也纳、马德里、巴塞罗那、里斯本、布拉格、华沙、布达佩斯等等许多欧洲著名的城市。虽然这些城市都各有其引人入胜的地方，但对比之后，还是感觉巴黎是最美的。巴黎所特有的历史韵味和深厚文化气质，是任何其他欧洲城市无法比拟的。尤其是夜幕下，从塞纳河游船上目睹的那种浪漫情调，更是独一无二。所以我强烈建议，每一位来巴黎的朋友一定要乘船夜游塞纳河一次，你将看到一个不同凡响的巴黎。

每年9月份的第三个周末（周六、日两天）是法国的"文化遗产日(Journées du Patrimoine)"。在这一由法国前文化部长雅克·朗于1984年设立的特定日子里，全法国许多凝聚了历史和文化艺术精华的名胜古迹、公共建筑或知名场所都会破例开放，供公众免费参观，让每一位法国人或来法国旅游的客人都能亲身领略法国优秀的历史文化精髓。

在这两天中，平时不开放的地方如总统府爱丽舍宫、总理府马蒂尼翁宫、国民议会波旁宫、参议院卢森堡宫等也都对普通平民百姓开放。运气好的话，还能碰上总统和夫人出门亲自迎候接待第一批进入爱丽舍宫的民众，带他们参观总统府底层的各大沙龙厅堂。不过，参观爱丽舍宫需要一大早去排队等候四五个小时才能进入。只是我对这些带有政治色彩的现代建筑没什么兴趣。

因为在巴黎待得时间长，我利用每月第一个周日免费日几乎将巴黎大多数景点都逛了一遍，有的甚至两遍，眼下的免费日也就是拾零补遗了。

法国的景点免费开放日分三大类，一是全年每月第一个周日都免费开发的景点，如卢浮宫、奥塞博物馆、枫丹白露宫等。二是每年仅淡季（11月至次年的3月）的每月第一个周日免费开放的景点，如凡尔赛宫、先贤祠等。还有一类是仅在"文化遗产日"开放的景点，除了上述提到的政治性建筑外，还有荣军院。这些具体免费开放的景点及时间相关信息可从http://www.parisinfo.com/paris-guide/argent/gratuite-et-bons-plans/ 网站上查询到。

我首先利用周六这一天去了仅在"文化遗产日"免费开放的荣军院。荣军院是由法国国王路易十四为收容战争伤兵而建立的疗养院，后来因成为埋葬拿破仑之地而闻名于世。此前我曾在4月份第一个周日的免费开放日来过此处，但发现不能免费进入而放弃。而在"文化遗产日"这一天终于免费开放了。

拿破仑墓就位于荣军院内的金色圆顶教堂内，这是荣军院最雄伟的建筑，也是巴黎最显眼的标志性建筑之一，教堂的建筑风格属于巴洛克式。从荣军院后面的教堂正门进入圆顶教堂，映入眼帘的是一幅非常庄严肃穆的场景，整个教堂内饰以灰色为基调；多根花岗岩立柱支撑起高耸的圆顶，圆顶内及四周被精美的壁画所装饰，使整个环境显得低沉凝聚。

教堂内部空间分为上下两层结构，上层中央是一个被大理石围栏围出的空间，可向下俯视安放在下层大厅的拿破仑灵柩。四周则由六间小墓室组成，里面分别安放着拿破仑哥哥约瑟夫、弟弟热罗姆，还有法国近代史中最著名的六位元帅的石棺，其中有一战时期的陆军元帅斐迪南·福煦、军事要塞设计师塞巴斯蒂安·勒普雷斯特雷·德·沃邦、北非殖民军元帅路易·赫伯特·利奥泰、十七世纪出生名门望族的陆军元帅亨利·德·拉图尔·奥弗涅（即蒂雷纳子爵）等，以及法国国歌《马赛曲》的作者鲁热·德·利尔。

在下层大厅正中央，安放着装殓着拿破仑遗骸的灵柩。那是一座巨大的紫色斑岩石棺，下面配以青灰色云石底座；石棺周围大理石壁上刻着拿破仑的遗嘱。据说这具石棺共有6层棺，里面还有白铁棺、桃花心木棺、两层铅棺、乌木棺、橡木棺；拿破仑的遗骸在最里面一层。下层墓室四周墙壁上刻有12座胜利女神的浮雕像，每个雕像分别代表着拿破仑所指挥过的一场战役。在圆顶教堂地下室的后面还有几间侧室，其中一间是安放着拿破仑儿子拿破仑二世的骨灰瓮，另外几间墙壁上镌刻着与拿破仑一起出生入死、最后战死的将士的名字。

拿破仑是法国近代最伟大的军事天才，他并不是法国人，他所出生的科西嘉岛本来是意大利的领土，后来被法国所吞并。但拿破仑却以其卓越的军事才能，横扫整个欧洲，为法国带来了无上的荣耀。

拿破仑作为一代伟大的军事家，也有其天生的缺陷，那就是过多地尝试军事冒险。在他辉煌的军事生涯中，两次可怕的军事冒险断送了他的伟大前程：一次是进攻俄国所遭受的毁灭性失败；另一次是在滑铁卢战役中惨败于英国的威灵顿公爵手下，并被活捉，最终成为悲剧式的英雄人物。不管怎么讲，这些瑕疵丝毫也掩盖不了他所创造的丰功伟业，以至后世被万众所景仰。

本来想借"文化遗产日"的免费日机会去参观集美亚洲艺术博物馆，听说里面有不少从中国掠夺的文物、字画。可到达那里之后被告之，这里是私人博物馆，没有加入任何免费开放日的活动，如要参观，仍需要购买8欧一张的门票，于是我只得悻悻地离开了。

三十六、再访枫丹白露

在"文化遗产日"的第二天,我选择了去参观枫丹白露宫。上一次去时因为正赶上"五一劳动节",白跑了一趟。这一次正好利用免费日补上这一课。枫丹白露宫位于大巴黎(即法兰西岛)的第六圈地区的枫丹白露小镇。"枫丹白露"法语意为"蓝色泉水",而其中文译名则来自著名诗人朱自清。

枫丹白露小镇的风光非常美,其周边森林茂盛,古迹众多。因此,造就了独特的"枫丹白露"画派风格。离枫丹白露小镇不远还有一座名为"巴比松"的小村,拥有非常旖旎的田园风光,许多印象派画家都喜欢以此处风光为素材,因而出了个"巴比松画派"。印象派著名画家米勒的田园三部曲油画《晚钟》、《拾穗者》和《播种者》的题材就取自巴比松小村。

枫丹白露宫的建造历史可追溯到1173年的中世纪,八百年来这里一直是各王朝统治者的最爱,因此,这里倾注了历代帝王的心血。在经过历代帝王的改建、扩建、装饰和修缮后,宫殿日臻豪华。枫丹白露宫的建筑风格可谓凝聚了中世纪的古朴典雅、文艺复兴时期的精致美妙,以及十七和十八世纪融入了许多现代元素后的富丽堂皇。因此，枫丹白露宫几乎是集历朝历代建筑艺术精华之大成。法国大革命并没有对枫丹白露宫遭受任何破坏，而拿破仑的钟爱又使这座宫殿被装饰得更加奢华，成为一座真正享誉全球的著名王宫。

从今年8月份开始，巴黎公交体系已经将第五圈和第六圈合并，因此，我只需花更少的钱买了一张一——六圈的一日通票就可以前往了。清晨我在巴黎的里昂火车站乘开往Montereau方向的列车，在Fontainebleau Avon站下车后，再乘公交巴士A线在Château站下车，步行5分钟就到达了枫丹白露宫。

从涂着金粉的铁栅栏门进入枫丹白露宫，映入眼帘的是一个巨大开阔的庭院，庭院周围是造型各异、典雅别致，且相互连接的楼房处。参观者入口在庭院左侧的楼房处。进入建筑物内部，须将随身携带的包全部寄存在自动储物柜内。

枫丹白露宫的建筑面积非常巨大，对外开放的仅是其中一小部分。这次我们参观的部分仅含枫丹白露宫二层楼的舞厅、弗朗索瓦一世游廊、王座大厅、王后寝室和拿破仑寝室。这些地方精美的装饰、豪华的陈设，无不给人留下难忘的印象。而收藏着从我国圆明园掠夺来的文物的中国博物馆位于一楼，这次不对外开放，这让我非常遗憾。

不过一路参观下来，我感觉枫丹白露宫虽然比不上凡尔赛宫的宏伟，卢浮宫的广袤，但却淡雅大方，逶迤多姿，格外地楚楚动人。与凡尔赛宫相比，这里拥有非常舒适的居住环境，更适宜居住，难怪历朝历代的帝王都愿意住在枫丹白露宫。枫丹白露宫花园也比凡尔赛宫的更为曲折、优雅，不论是在鲜花盛开的春天、还是红叶染霜的深秋，这里都给人一种静谧、温馨的感觉。

三十七、具有法国特色的银行蒙难记

在法国生活了也快一年了，所经历的事情自然要比那些仅在法国短暂停留的普通旅游者要多得多！尤其是对法国人办事时责任心差、拖沓、不靠谱的作风，真是深有体会、深受其害。有时候甚至完全颠覆了我对法国这个"发达国家"的好感。比如我最初来法国时办理长期居留证，就经历了一翻不可想象的曲折。而在即将离开法国前，又在我的开户银行里经历了两场极不愉快的噩梦。

在此有必要向各位"驴友"讲述一下我的有关遭遇，对各位将来赴欧洲旅行会有借鉴作用。

在国内的朋友可能都会得到这样一个信息：在欧美旅行，少带现金，尽量用信用卡消费，这样更安全。这种说法只对了一半。的确，在欧洲生活离不开信用卡，不论是平时购物，还是通过网络购买机票、火车票、订旅馆，信用卡已经是欧洲人生活中必不可少的一部分。离了信用卡，生活还真是不方便，小到交停车费、买公交卡和地铁票等都要用信用卡。尤其在法国，许多车票的自动购票机上只接受信用卡或硬币，试想一下要买一张将近10欧元的长途 RER 车票，到哪里去找那么多硬币啊！因此，我一到法国就办了里昂信贷银行（LCL）的信用卡。

目前，欧洲所有信用卡都使用芯片卡，据说要比咱们国内的磁条卡安全性高得多。信用卡确实给我在法国的生活带来了极大的方便，尤其是通过信用卡在网上购买廉价航空的机票、打折的高速列车车票；还有出国旅行时，在网上订好当地国的火车票、汽车票、旅馆，那真是方便极了。但是，在网上购票过程中也发现一个很大的安全隐患，那就是欧洲的信用卡网购不需要输入密码，仅需输入卡号、持卡人姓名、有效期及卡背后的 CVV 三位数码就能顺利成交。正是这一安全隐患，给我带来了噩梦一般的经历，在与法国银行打交道的过程中，使我对法国人办事的作用和效率深恶痛绝。

我有时候都在想，如果法国人都如这般态度工作的话，那法国的民航飞机和核电站岂不是天天都笼罩在可怕的事故隐患中吗？

这事还得从我于今年 9 月初计划赴意大利旅行时说起。每次筹划到国外旅行，最重要的步骤就是要预先在网上订好行程中的机票、火车票及旅馆。如果订票得当，能够省不少钱。我是提前近一个月在网上订好巴黎与意大利的往返机票、意大利当地的各程火车票，以及西西里岛首府巴勒莫的两天旅馆。由于预订时间恰到好处，我此行意大利的机票加火车票总共花费还不到 200 欧。

就在网上购完的第三天，正好是周末，我睡得很晚。在凌晨之际，当我心血来潮在网上打开的我银行账户时，突然发现新增了两笔 300 多欧的购买 TGV 火车票网上消费。我当即懵了，我根本没有在网上买过火车票啊，我意识到自己的信用卡信息被盗了。信用卡从来就没离开过我身上的钱包，信息是如何被盗的？我很难理解。

回想刚刚在网上买到过机票、火车票和订过旅馆，发现果然是在我完成上述网购后的第二天出现了那两笔被盗款项目。可是我在网上消费的都是世界著名网站：easyJet.com、booking.com 和意大利国铁网站，这些网站的安全性应该没问题啊？难道是它们泄漏了我的信用卡信息？我百思不得其解。此时，我在网上搜索了一下，发现法国网上信用卡被盗刷的比例非常高，竟然有 11% 的持卡人有被盗刷的经历。这也太吓人了，如果是这样，谁还敢用信用卡啊。另外，在网上查询也得知，根据欧洲的法律，对于这种网上虚拟消费（不是直接用信用卡刷卡输入密码消费）的被盗刷项目，银行负有百分之百的责任，须全额赔付。

终于挨到天亮。这天虽然是星期六，但我开户的 LCL 银行还上班，所以我直奔银行。这里要说明一下，在法国银行开户的每位顾客都会配一位固定的客户经理，办理银行业务时需要提前与本人的客户经理预约。可是，法国银行工作人员的英语极烂，交流很成问题。由于碰上急事及语言障碍，我也无法预约，于是直接向前台的工作人员说明了情况。应该说前台的那位小伙子还比较不错，虽然英文讲得有点困难，但看到我着急的样子，还是愿意与我沟通。在得知情况后，立即让我写了个声明说明两笔消费项目的被盗情况，并马上到里面与我的客户经理联系，同时立即注销了那张信用卡。一切看似顺利。

由于法国的信用卡消费清单要延迟三天才会在个人网上账户中出现，我想那个盗刷的家伙不会只盗刷这两笔的。接下来的星期日和星期一是 LCL 银行的休息日，网上账目未更新。到了星期二凌晨，再次上网打开我的账户，果然发现有三笔数额很大的被盗消费款项，都是在网上订机票或旅馆的；于是我再次去银行写声明。

到了星期三凌晨，发现又有三笔被盗款项，每笔都接近 400 欧。到此为止，我的信用卡总共被盗刷 8 笔，共计约 2500 欧，这个数目正好是我信用卡的消费上限。当我再去 LCL 银行提交声明，看得出那位前台的小伙子也有些烦了。

说实在的，我真难以理解，为什么法国的信用卡消费记录要推迟三天才显示出来，这不是给犯罪分子争取时间吗？咱们国内网上消费不仅需要密码，还需要输入从手机上传来的验证码，有的还要用 U 盾。消费之后立即通过手机获得实时消费记录。如此严密的安防措施自然会让犯罪分子难以得逞，哪像法国这样漏洞百出啊！自从此事发生后，我似乎对使用信用卡有了心理阴影，也不敢再用新办的信用卡在网上购物了。本来计划去希腊和丹麦旅行的，因为不敢用信用卡在网上订飞机票和旅馆，也只能作罢。

从星期三开始有这被盗刷的钱被逐笔归还！连续三天，共有 5 笔被盗款项归还，此时我的心里稍稍得到了些安慰。可在此后的两个星期中，最后的三笔共 800 多欧的被盗款项却一直没有归还。

其间我去了几次银行，都被前台的工作人员给打发回来了，说是我的退款正在办理中，是因为要走保险，所以需要多等些日子。于是我也就耐心等待了。

我的信用卡被盗刷事件在我的实验室引起了关注，很多平时不怎么查自己账户的法国人也开始注意起自己的账户。而我的导师Alian以前只看金额总数，很少看消费明细，这次也仔细看了一下，结果发现他的账户也出现被盗现象。那个窃贼非常狡猾，每次只在网上盗用很小的金额，一般一笔也就几欧到十几欧；这种盗刷持续了一个多月，一直没引起注意，总共盗走Alian 400多欧。急得Alian立即跑银行、跑警察局去报告失窃。

现在看来在欧洲信用卡犯罪非常猖獗，尤其国内用磁条卡在法国刷卡消费时，不需要密码，仅凭签名就可支付。而法国营业员很不认真，很少核对签名，因此一旦失窃，损失会很大。另外，用信用卡刷卡消费时，所有信息（包括密码）都会留在刷卡机上，普通营业员就能轻易获取，这是我的一位在小超市打过工的学生亲身的经历。因此尽量避免在一些小店刷卡消费，以免被"有心"的营业员以客人的信用卡信息复制新卡来盗刷。

由于被盗刷的三笔款项一直未归还，我在临去意大利之前，又去了一趟银行。这时还是之前那个小伙子接待的，他又将被盗刷的项目清单拿到里面的客户经理那里，不一会儿他走出来告诉我，很快会退给我的。当我启程去意大利之后一直惦记这事，都没玩好。其间发现那三笔款项中50欧的那一笔被归还了，但另外两笔数额最大的却一直没有被归还。

　　从意大利回来后,我第一时间又去了银行,此时前台的小伙子又把在里屋的客户经理请了出来,又让我填了一堆资料。说是让我回家等,这一等就是三个星期。此时我真急了,让同实验室的中国人每天打电话去催,对方态度也非常不好,几乎是在吵架。再往后打电话过去就被告知,负责我的客户经理休假了,是一位女士在代办我的业务,于是再次向那位女经理查询了我的退款情况。

　　那位女经理看过我的相关材料后说,我最后那两笔被盗项目的退款一直都没办理,是后来我从意大利回来之后再次找到银行后,才开始办的。因为消费发生在国外银行,还要等国外银行审核后才能退,仍然要等。至此我才知道自己一直被蒙骗,我心里那个气啊,这帮人真是能拖则拖、能不办就不办,谎言张口就来。好在过了一周后最后两笔款项终于被归还,其间共历时两个半月。至此,我是真真切切地领教了法国银行的不靠谱办事作风了。

　　然后这场在 LCL 银行的噩梦刚结束,在同一家银行的另一场新的噩梦很快就开始了。这一次更让我深切体验了法国银行工作人员不负责任的恶劣的工作态度。

三十八、来自法国银行的最后劫难

虽然最近这两篇手记与法国游记有点离题太远了，但关于法国银行的相关事项对广大在欧洲旅行的"驴友"是绝对有借鉴作用的。很多宣传资料中都提到，到国外旅行尽量少带现金，多用信用卡。可是根据我自己的经历和身边朋友的传闻，欧洲的信用卡犯罪非常猖獗。另外，欧洲银行的防范工作远不及中国做得好，所以使用者中招的几率非常高。

目前欧洲全部使用防盗功能更强大的芯片信用卡，可国内还在用磁条卡，所以，国内信用卡在欧洲使用时安全性更差，被盗用的几率更高。另外，欧洲银行的服务水平与国内相比简直差了好几个数量级，这里的工作人员行动迟缓、态度差、不作为，工作不负责的样子就是国内八十年代改革开放前情况的翻版。有时眼睁睁地看着自己的钱发生损失，真的让人心痛啊！而且欧洲这里自动取款设备的妥善率也非常差，经常会发生取款取到一半被卡住的情况，此时钱虽没完全取出，但输入的取钱数额却会从账户中全部扣除。那时再找银行工作人员去解决，往往被怠慢、拖延，如果加上语言不通（如果不是在英国），那真是叫天天不应、叫地地不灵,哪里还有心情去旅游啊!

在欧洲自动售票设备上使用信用卡,我也发现有问题。今年夏天在德国旅行时,我唯一的一次在火车站的自动售票机上买车票的记录发生在慕尼黑火车站,此前我一直坚持用现金买车票。当时我在慕尼黑火车站内的一台自动售票机上购买拜仁州票,票价是 21 欧。当我插入我的 LCL 银行信用卡时,屏幕显示无法读取我的卡。于是我拔出卡,又放入 20 欧的纸币和 1 欧硬币,完成了购票过程。结果三天后我的账户中显示我有 21 欧被扣,是购买火车票的消费。

我当时就急了,怎么连我最信赖的德国也会出这种不靠谱的事?于是我找到慕尼黑火车站的售票处查询此事,售票处的工作人员一口咬定只要扣款,机器就会出票。而且从工作人员嘴里我还得知一件令我吃惊的事,在德国的自动售票机上购票,只要插入信用卡,不需要输入密码,机器直接扣款。我的妈呀,这可是我头一次听说。在我的再三要求下,工作人员登记了我的信用卡号及购票机器的编号,并答应为我查询,如果确实是多扣了钱,将会被返还到我的卡里。

后来回到华人旅馆才得知,在慕尼黑的自动售票机上购票是会出现与我类似的情况,所以在德国的华人很少用信用卡买火车票。直到今天,已经 4 个月过去了,那笔被扣的 21 欧连个影子都没见到。好在数额小,我也只能认倒霉,算是个很大的教训吧!

话题还是回到上次讲的我在 LCL 银行的第二个噩梦。因为临近回国，准备把在欧洲的结余款汇回国内，从法国往国内带现金过海关是有一定风险的。因为法国对持现金出国有数额限制，好像最多不能超过7000欧，如果超过后被查到，要受到重罚。另外又考虑到现汇比现金换人民币更划算，所以我就去LCL银行将我账户中的7400欧元汇回国内的中国银行账户。

先打电话到银行预约办理时间，由于我的客户经理休假了，由一位叫芭芭拉的女经理代办我的业务。到了预约好的时间，让精通法语的中国学生陪我去银行，关闭了信用卡和账户，同时将账户中的余额全部汇回了国内银行。看着那位女客户经理熟练地操作计算机，将电汇手续办妥，心想这次终于可以同给我带来麻烦的LCL银行永别了。

然而事情并没那么简单，几天后，当我让国内的亲友去中国银行查询汇款是否到账时，从银行工作人员那里得知，钱虽然已经到国内，但由于汇单附言中"汇款用途"有问题，钱被外管局给冻结了，不能进入账户，目前中国银行已经发查询函了。一听此言，我当即急了，马上打电话到国内银行去询问究竟发生了什么？中国银行的一位经理反问我，法国LCL银行在汇单附言中写的汇款用途"Fonds Propres"是什么意思？我一时还真不认识这个词。经理让我当即查字典。我一看，差点晕了过去，Fonds Propres是"股权"的意思。经理告诉我，作为股权收入的外汇是国家外管局严控的，不能进入个人账户。因为近年来，许多国内的金融炒作热钱就是以这种方式进入我国的。我当时就有些发懵，心想，我这钱是我个人的资产啊，在汇款时那女经理也从来没问我钱的来历，怎么就会写出这么个"汇款用途"呢？那位经理同时告诉我，中国银行方面已经向法国银行发查询函了，只要回复修改一下"附言"就行了，改成"个人资产"什么的都行，国内这边马上就能解冻。于是我稍稍心安了一点。

接下来在将近10天的焦急等待中，每天不停地查询，国内中国银行始终说未收到回复，并说这种现象很不正常。这种通过银行间专用电子通讯网络发送的查询是实时的，根据国际惯例，对方应在三个工作日内回复，像这么长时间没有回复以前从来没发生过。这一下我可急了，立即让实验室的中国留学生给我的客户经理打电话，电话总是没人接，或要求留言。终于接通后，客户经理听到消息后，首先是推脱，说没收到任何查询函，并装傻似的问是什么函件，是挂号信还是传真？一看情况不对，我第二天一早就直奔银行。结果到了银行就被前台工作人员给拦住，并声称没有预约，根本不能见客户经理。

其实我已经看见那家伙坐在屋里翘着腿在喝咖啡呢！当我说明情况后，前台的第一个反应就是推托，声称"附言"不可能更改。我只得用英文解释了半天，可前台工作人员的英语极烂，根本无法沟通。虽然他想把我打发走，但在发生如此重大事件的情况下，我岂能轻易放弃？在我一再坚持下，他跑到里屋去与我的客户经理谈了一会儿。出来之后，手头拿了一张纸，说他们已经开始查了，让我回去等。

回到学校，同实验室的中国留学生告诉我，这里面99%是托辞，并主动表示要陪我再去找那个客户经理确认。这中间又与国内中国银行联系了几次，一直没有收到回复。而且国内银行的工作人员感觉非常奇怪，这本是一个非常简单的事情，只要在电脑上输入几个词就能解决的事，为何变得如此复杂？

到了周六我们再次去LCL银行，又是前台的工作人员挡路，说什么"没有预约就不能见经理"。这位中国留学生法语非常流利，明确告诉他：他们犯了愚蠢的错误，给我们造成损害，要他们立即纠正。然而对方却责怪是我们自己声称是"股权"，他们才这样写的。于是我们说这显然不可能，作为一般人根本不知道"股权"二字的法语，并当场要求那位女经理出来对质，结果对方立即哑声。接着又以没收到中国银行的信函为由，拒绝修改。

由于事先已经咨询过银行内部人员，国际银行间采用专门的通讯网络联络，一般为SWIFT网络，所发信息如同外交照会，不存在收不到之说。所以我们立即指出了这一点，那家伙又哑声。见到百般推脱无效后，前台那家伙终于又到里屋去与我的客户经理交谈。不一会儿他又出来告诉我们，可以再查一下，拿的还是上次那张查询单。原来上次他们只是敷衍了我一下，根本没查。我们立即表明，一定要给一个明确的结果，并立即修改"附言"。在从中国银行得到更改信息之前，我们每隔一天来一次。终于，在我们的强烈攻势下，他们软下来了。

之后我又跑了两趟，中国银行方面终于收到更改信息，钱也汇到了我的账户。在这件事件中,法国人办事过程中的不负责、不作为、拖沓推诿作风表现得淋漓尽致。其实只要稍微在电脑上做一个动作就能解决的问题,非要花大量时间抵赖、推脱,到最后还是得办,何必呢!经过此事之后,我对法国的银行有一种非常强烈的不安全感,更难以相信法国银行能保障个人资金的安全。

三十九、从法兰西留学中感悟人生

时光飞逝，日月如梭。一年前初到巴黎时的情景仿佛就在眼前，转瞬间已经到了要向法兰西说"再见"的时候了；明天，我将乘机返回朝思暮想的祖国。在这离别之际，我的心情格外地复杂。此时此刻纵有千言万语涌上心头，却不知从何说起。我不得不在仓促中完成我的《法兰西留学手记》的最后一篇。

在法国的一年留学生活，让我经历了许多平生难得的遭遇，也获得了宝贵的人生财富。尤其是对巴黎、对法国的爱恨情仇，真的是一两句话说不清楚的。在这一年的留学生涯中，在学术上，我不仅学到了法国科学家严谨的治学作风、先进的研究理念和法国同行在我所从事领域的研究发展趋势和脉络，也对法国的科研体制有了深刻的认识。这种体制对法国科学技术领域的原始创新有极大的推动作用，这也是我们国家高校和科研机构需要借鉴的地方。在这里我就不多谈学术方面的东西了，在此更多地总结一下在人文领域的收获和感想。

正所谓"读万卷书、行万里路"，在这一年里，我不仅仅在实验室从事本专业的研究工作，同时也多次外出旅行，不但到访了法国国内的许多地方，而且也游历了十余个欧洲国家。我获得的最深的感受是，法国仍然是全欧洲最佳的旅游目的地，而巴黎则代表了法国的灵魂，其历史韵味、人文风情、文化氛围和浪漫情调是欧洲其他城市所无法比拟的。

然而巴黎作为一座世界级的旅游城市，同样有它被人诟病的地方，比如脏乱差、满街的狗屎、找厕所难、服务人员态度恶劣、巴黎市民冷漠、治安不好等等，也常会给初到此地的游客很不好的感觉。然而，这丝毫不能阻止人们蜂拥而至，巴黎人依然我行我素，谁让它有那么多吸引人们到来的魅力呢！

在这一年中给我最大的感受是，法国人对本国文化的认同感是如此强烈，恐怕世界上没有任何一个民族能与之相比。的确，法国人民创造了值得为之骄傲的文化、艺术，包括他们引以为傲的语言。然而，这种文化认同也阻碍了他们对其他文明的兼收并蓄。我想很多到法国来旅游的人最头痛的恐怕就是语言问题吧，而对于在法长期生活的我们来说，语言更是很大的障碍。

作为一门能够非常精确表达含义的先进语言，法语显然具有其他语言无可比拟的优势。但作为交流的工具，这门非通用语种的语言却逐渐走向衰落，这是法国人自己应该值得深思的地方。

值得敬佩的是，法国人对精神生活的追求远远高于其他民族，在我的法国同事中，至今仍然有一些人从不用手机、不看电视，却拥有满满一屋子书的情况。到了周末，影剧院、音乐厅人满为患；而每天乘地铁、公交车，会发现很多法国乘客手捧一本书在专心阅读。在现代化资讯如此发达的今天，仍然有这样的现象是非常难能可贵的，这也是法国能够创造灿烂文化的关键吧！

此外，法国人骨子里那种对自由、民主、平等追求的精神也是让人难忘的。目前，整个法国在社会公平、公正这一方面确实做得相当好，值得我们学习、借鉴。不过，这一年在欧洲的生活对我最大的影响，便是颠覆了我从前对西方文化及西方人的认知，说起来可能大家也都会有与我类似的感受。

临别的时刻将至，却也让我产生了依依惜别的情绪，尽管有那么多的不如意、不顺心，但毕竟在此生活了一年。在人短短的一生中，一年并不算短。而在巴黎的一年学习生活也在我的心中留下了深深的烙印，成为我将来追忆人生的一个重要题材。

明天，我就要告别爱恨交织的巴黎，搭乘国航的飞机返回我亲爱的祖国，我将挥一挥手，不带走一片云彩！

法兰西留学手记编后语

从巴黎留学归来后,立即投稿紧张的科研、教学工作之中,时光也在每天的忙忙碌碌中悄悄地从身边流逝,转眼间三年过去了。在巴黎生活的那一幕幕情景也渐渐在记忆中淡薄,有时也只有在夜深人静的时候,才在脑海中出现一些片断。然而,巴黎的留学学习却在我的工作和生活中留学深深的烙印。从巴黎六大传承而来的严谨治学态度已经潜移默化地深入到我的科研教学之中,我的研究生们也深切地感受到,我比之前严格了许多、对待科学研究结果变得苛刻起来。每次学生在汇报他们的实验数据时,我都要求重复再重复以确认数据的可靠。我想,这也是从我的导师阿兰·法戴教授那里继承来的最大遗产。

虽然地理上的法国离我越来越远,但我的心灵从来没有离开这片我曾经奋斗过的土地。当前,法国已经成为我们中国人最喜爱的旅游目的地,法国的奢侈品、香水、化妆品,还有美景、美食早已成为国人蜂拥追逐的对象。在此,我非常愿意把我的一点感受和建议通过此书与大家分享。

欧洲以其悠久的历史、丰富多彩的文化和深厚的宗教传统历来受到中国广大旅游人爱好者的关注，法国无疑是其中最具吸引力的文化旅游大国。我去过很多欧洲国家，也遍游了诸如柏林、慕尼黑、罗马、马德里、巴塞罗那、布鲁塞尔、维也纳、里斯本、阿姆斯特丹、布拉格、华沙、布达佩斯等许多欧洲的著名大都市，但巴黎所拥有的旅游和文化景观是其他城市无法比拟的；而整个法国所拥有的旅游资源又具有多样化的特色，其中的购物及美食更令人趋之若鹜。显然，巴黎无遗是最吸引着人们的地方。

  我衷心地希望各位即将来法国旅游的朋友们能够在出发前，先学习一些法国的历史和文化，能够带有一定的目的地去欣赏法国的各种景观。比如当你去卢浮宫参观时，当大批人群簇拥在《蒙娜丽莎》名画狂拍照片时，是否能一个人悄悄地去看一下画廊左侧墙上悬挂的、同样著名的达·芬奇名画《岩间圣母》和《费隆妮叶夫人》。当你随大批人马蜂拥至老佛爷百货商店去抢购LV包时，能否也能抽出一点时间去奥塞博物馆看一看印象派画作，去罗丹博物馆看一下他的大作——《思想者》，或去橘子园博物馆欣赏一下莫奈的名作《睡莲》。巴黎值得看的东西实在是太多了，这需要人们事先更多地了解她，才能来当地去发现她、欣赏她、追忆她。

  当然，来法国旅游另一个需要重点关注的就是安全问题。大家长期在国内非常安全的环境下生活，脑子里早已没有这根安全弦了。可是，如果准备来法国，那么就必须重新绷紧这根安全弦。大家必须从一踏上法国这片土地开始，就时刻保持警惕，看好自己的现金和护照。这绝不是危言耸听，我听到、看到和亲身经历的失窃惨痛教训实在是太多了。

最后,衷心地祝愿即将前往法国旅行的朋友兴奋而去、愉快经过、安全归来。

汪晓东
2015年5月17日于北京家中